신이 내게 주신 특별한

선물

_____님께

이 한 권의 책을 정성을 담아 드립니다.

년   월   일

_____드림

신이 내게 주신 특별한

선물

장수영 수필집

수필과비평사

책머리에

첫 수필집을 내고 제2집도 곧 내게 되려니 했는데 바쁘다는 핑계로 소홀히 하다 보니 어느새 10여 년이 흘렀다.

십 년이면 강산이 변한다고 했듯이 그동안 내게도 많은 변화가 있었다. 20여 년 동안 운영하던 유치원, 어린이집을 모두 정리하고 대학 강의도 오프라인에서 온라인으로 바꾼 지 13년이 되었다. 올해는 코로나 19사태까지 겹쳐서 더 어수선했지만 내게는 매우 중요한 사건이 많은 해였다. 외적으로는 IT 전문기업의 대표직을 맡은 일이고, 내적으로는 아직 젊은 남동생이 갑자기 쓰러져 온 가족을 우울하게 하더니 하나밖에 없는 딸이 첫 손녀를 낳아 집안에 큰 기쁨을 선사하기도 했다.

여러 가지 일이 겹치다 보니 무언가 기록으로 남기고 싶다는 생각이 들었다. 특히 이 세상에 처음 태어난 손녀에게 특별한 선물을 하고 싶어 그동안 각종 문학지와 동인지에 발표했던 작품들과 틈틈이 써온 신작들을 모아 제2집을 준비한 것이다. 건강하게 자라 세상을 이롭게 하는 사람이 되기를 바라는 마음에서 표제도 '선물'로 정했다.

내가 살아있는 동안 사랑하는 사람들과 어울려 살아온 이 이야기들이 읽는 이들과, 훗날 내 손녀에게도 작은 위안이나마 되어주기를 바란다.

늘 아낌없는 사랑을 주시는 부모님과 형제들, 언제나 든든한 집안의 기둥 같은 형부, 하나밖에 없는 나의 딸 수진이와 사위, 글쓰기를 지도해주신 강호형 선생님과 격려를 아끼지 않으신 강희동 선생님, 늘 옆에서 나의 일을 도와준 이이엽 부사장님, 과천문협 및 과천수필, 경기문학인 회원, 그리고 나를 아는 모든 분들과 함께 이 발간의 기쁨을 나누고 싶다.

2021년 10월

장수영

축하의 글

장수영 선생의 두 번째 수필집
《선물》 출간을 축하하며

　문우 장수영 선생의 두 번째 수필집《선물》출간을 진심으로
축하합니다.
　세상에는 신비하고 경이로운 일들이 많지만 새 생명의 탄생
보다 더 신비로운 일은 없습니다. 그중에서도 자신의 분신이라
할 2세, 3세가 태어났을 때의 감동은 아무리 현란한 미사여구를
다 동원해도 표현이 모자랍니다.
　최근에 외동 따님이 딸을 낳아 '할머니'가 되신 장수영 선생
도 그런 감동이 아직 가시지 않았을 것입니다. 이번에 출간하는
이 수필집도 그 감동의 산물이라고 합니다. 손녀의 탄생을 기념
하여 모녀 합동으로 문집을 낸다는 것입니다. 장 선생은 첫 손
녀를 이 책의 글 속에서 "하늘이 주신 선물"이라고 했습니다.
그래서 책의 표제도 '선물'로 정했다고 합니다.
　장 선생은 워낙 다재다능하고, 인정이 많고 부모님에 대한 효
성과 가족 사랑이 남다른 사람이라는 것이 글 속에 나타납니다.

지금도 구순에 가까우신 부모님과 투병 중인 남동생까지 지극 정성으로 돌보고 있다니 고개가 숙여집니다.

모전여전으로 따님 이수진 씨도 어머니처럼 재주가 많은 데다가 문재文才도 뛰어나서 동서문학을 비롯한 수필, 편지쓰기 등에서 수상한 경력이 있다고 하니, 그 핏줄을 이어받은 손녀에게 큰 기대를 걸어도 좋을 듯합니다. 아무쪼록 무럭무럭 자라서 차세대의 빛나는 주역이 되어 주기를 바랍니다.

손녀가, 하늘이 할머니에게 내리신 선물이라면, 이 책은 할머니가 손녀에게 물려주시는 소중한 가보가 되리라 믿습니다.

장수영 선생과 따님 이수진 씨 일가에 큰 영광 있기를 기원합니다.

2021년 10월

강호형(수필가, 월간 《좋은수필》 주간)

차례

1부

선물

4부

살다 보면

1부

선물

선물

우리가 살아가는 세상에서는 끊임없는 생성과 소멸이 이루어지고 있다.

우주의 수많은 별을 비롯하여 산천초목과 이름 없는 미생물, 그중에서도 인간에게 있어 아기의 탄생은 신이 우리에게 주는 가장 큰 생성의 선물이 아닌가 한다.

예로부터 우리 조상들은 아기를 잉태하는 순간부터 행사의 날짜와 시간을 함부로 정하지 않았다. 우주의 법칙에 의해 아기의 운명을 좌우하는 매우 중요한 일이라 여겼기 때문이다.

나 역시 이십여 년 전 우연히 역학을 접하고 난 후부터는 옛 어른들이 하던 말씀이 옳다는 것을 느끼곤 한다. 그 옛날에 어떻게 우주의 원리를 이해하고 철학적 사고로 인간의 운명을 점칠 수 있었는지 그 지혜로움에 감탄한다.

올여름은 유난히 덥고 여러 가지 일로 바빴지만 내게는 매우 큰 의미가 있었다.

하나밖에 없는 딸이 결혼한 지 2년 만에 임신을 해서 심한 입덧과 만삭으로 의자에 앉아있는 것도 힘들어 하더니 첫딸을 낳은 것이다.

출산하기 전, 어느 날 딸로부터 전화가 왔다. 너무 힘들어서 예정일보다 먼저 제왕절개로 아기를 낳고 싶다는 것이다. 처음에는 의사 선생님과 잘 상의해보고 웬만하면 자연분만하기를 권했다. 예정일이 가까이 다가오자 딸은 더욱 초조해하고 힘들어했다. 의사 선생님도 아기가 37주 지나면 제왕절개를 해도 괜찮다며 날짜를 정하라고 했다.

입원한 동생 돌보느라 입덧하는 딸은 챙기지 못한 게 미안해 마음이 무겁던 차에 좋은 날짜와 시간을 잡아달라는 전화를 받은 것이다. 평소 이미 태어난 사람의 사주팔자를 역학으로 해석하기는 했지만, 막상 태어나지 않은 아기의 운명을 결정하라니 여간 어려운 일이 아니었다. 딸은 어릴 때부터 제가 하고 싶은 것은 꼭 해야 하는 성향이라 마음이 썩 내키지는 않았지만, 부탁을 들어주어야 할 것 같았다. 며칠 동안 심사숙고한 끝에 딸과 사위의 사주와 조화가 되는 날과 시간으로 정했다.

아기가 태어나던 날은 아침부터 분주했다. 딸을 병원에 입원시키고 사무실에서 기다렸다. 창밖에는 유월 중순의 여름비가 내리고 있었다. 코로나19로 인해 가족도 산모 옆에 있을 수 없다 보니 마음이 더욱 초조하기만 했다. 특히 자연분만이 아니라 내가 인위적으로 정해준 시간이라 더욱 책임감이 컸다

마침내 수술시간이 되었을 때 갑자기 하늘이 컴컴해지고 천둥, 번개 소리가 요란하게 나더니 세찬 비가 쏟아지기 시작했다. 마치 영화의 한 장면에서 한 군주가 세상에 태어날 때 일어난다는 그 천둥, 번개가 치는 것 같았다. 내심 걱정이 되어 아기

와 산모가 모두 건강하기만을 간절히 기도했다.

한 시간 정도 지나자 사위로부터 첫딸을 낳았고 산모와 아기도 건강하다며 전화가 왔다. 그제야 십 년 묵은 체증이 내려가는 듯 안도의 한숨을 쉴 수 있었다. 아기는 예정일보다 빨리 낳아서 그런지 몸무게가 2.8kg, 신장이 49cm로 다른 아기들에 비해 작았다. 퇴원할 때 잠시 본 아기의 모습은 마치 작은 인형 같았다.

며칠 후 딸은 내게 아기의 이름도 지어달라고 했다. 내가 딸을 낳았을 때는 고민도 없이 엄마, 아빠 이름을 한 글자씩 넣어 지었건만 손녀딸의 이름 짓기는 더욱 어려웠다. 아는 게 병이라더니 몰랐을 때가 훨씬 쉬운 것 같다.

며칠 동안 컴퓨터 역학프로그램을 통해 성명학의 기본 원리에 맞추어 이름 몇 가지를 선정하기로 했다. 딸은 여러 인터넷 사이트를 통해 얻은 이름들을 나열했고 그중 내 생각과 일치하는 것을 드디어 찾아냈다. 성명학에서 중요시하는 소리 오행, 수리 오행, 삼원 오행이 모두 완벽하게 맞아떨어지는 '윤ㅇㅇ'으로 결정했다.

그 의미는 지혜롭고 성격도 좋아 많은 이들로부터 사랑을 받고 재물운까지 겹친 길운을 나타냈다.

그래서일까, 어린아기인데도 크게 보채는 일 없이 잘 먹고 자며 혼자서도 잘 노는 것이 기특하기 그지없다. 딸이 신생아였을 때는 생후 2주 때부터 분유는 안 먹고 모유만 먹겠다며 온종일 우느라 돌봐주는 사람들을 무척 힘들게 했던 기억이 난다.

나는 무더운 여름, 백령도를 갈 일이 있었을 때 시어머님도 못 봐준다고 하여 생후 2개월 된 딸을 데리고 일주일간이나 다녀온 적이 있다. 지금도 그때를 생각하면 아찔하다. 여름 태풍이 오는 날 어린 이 아기를 데리고 배를 열한 시간이나 타고 다녀왔기 때문이다. 그러던 딸이 지금 내 앞에 한 아기엄마로 있는 모습을 보니 대견하면서도 그동안 딸과 함께 울고 웃던 많은 일들이 마치 주마등처럼 떠오른다.

이번 손녀의 탄생은 내게 많은 생각을 하게 했다. 한 아이의 운명이 자연의 이치에 의한 것이 아니라 나의 결정에 의해 이루어지는 것 같았기 때문이다. 삼신할머니가 때가 되면 이 세상에 내보내야 할 일을 내가 역행한 것 아닌가 싶었다. 하지만 내 일생의 가장 큰 일을 해낸 것 같아 한편으로는 마음이 뿌듯하다.

손녀의 탄생은 우리 가족에게 신이 내려준 가장 큰 선물이다. 아기를 통해 집안에 웃음꽃이 활짝 피게 된 것이다. 사람의 사주팔자는 타고난다지만 제왕절개도 신이 나를 통해 내리신 결정일 것이다.

만 원의 즐거움

얼마 전 인터넷을 검색하다가 '로또○○'라는 사이트에서 인생역전한 사람들의 이야기를 발견했다. 모두가 로또를 통해 인생이 바뀐 사람들이었다. 사연을 읽다 보니 나도 로또에 당첨될 것만 같은 근거 없는 예감이 들었다.

평소 무슨 횡재를 바라고 살지는 않지만 가끔 좋은 꿈을 꾸었을 때는 나 역시 로또를 한 장씩 살 때가 있다. 아무 계시 없이 살 때보다는 당첨 확률이 높을 것 같은 기대감 때문이다. 천 원을 투자하고 만 원에 당첨된 경우가 가장 큰 행운이었다.

비록 큰 금액은 아니지만 10배 정도의 당첨금이니 그것도 아무나 되는 것은 아닐 것이다.

예전에는 로또를 살 때 가게 주인이 자동식으로 발권해 주는 것을 주로 받아 왔는데 요즘은 회원으로 가입하면 돈을 받고 컴퓨터로 예상번호를 나누어 주는 공식적인 로또조합 사이트가 많이 생겼다. 회원들에게 매주 알려준다고 하니 어쩌면 당첨 확률이 높을 수도 있다는 생각이 들었다.

나 역시 호기심이 발동하여 한 로또 사이트에 가입을 했다. 회원의 종류도 다양하여 돈을 좀더 많이 낼수록 예상번호를 더 많이 주었다. 우선 제일 저렴한 것을 선택하기로 했다. 예상번호는 내가 원하는 요일에 받을 수 있었고 변경도 수시로 가능했다. 목요일에 회원 가입을 하다 보니 우선 당일부터 적용하기로 했다. 드디어 열 개의 예상번호가 메시지를 통해 배달되자 내가 아끼는 지인 세 명에게 똑같이 번호를 전송해 주며 무조건 로또를 사라고 했다. 분명히 본전 이상은 될 것 같았다.

하루 일과를 마칠 때쯤 로또 가게에 들러 수동식 로또 양식을 받아왔다. 마치 시험을 보는 학생처럼 행여 틀릴까봐 핸드폰 메시지로 온 작은 글씨를 한 글자씩 열심히 따라서 표기하려니 그것도 쉬운 일이 아니었다. 눈이 나쁜 사람은 돋보기라도 써야 보일 듯했다. 가게에서 표기하기에는 너무 시간이 걸리고 창피한 것 같아 승용차 안에서 표기한 후 정식 로또로 바꾸었다. 지인들 모두 각각 나처럼 만 원씩 투자했다.

로또를 손에 쥐고 나니 그 날부터 토요일이 기다려졌다. 만일 로또에 당첨이 된다면 무엇에 쓸까도 생각해 보았다. 우선 나에게 필요한 것들을 채우고 나서 내 주변의 도와주고 싶은 사람들을 떠올렸다. 누구부터 도와줄까 우선순위도 생각해 보았다. 웬만한 당첨금 가지고는 안 될 듯했지만, 생각만 해도 마음이 즐거웠다.

드디어 토요일이 되었다. 그날따라 유난히 하루가 길었다. 오후 아홉 시쯤 되었을 때 로또 사이트에서 메시지가 왔다.

"5등 당첨 한 개."

'역시 올 것이 왔구나.' 하는 생각으로 5등 당첨금을 보니 오천 원이었다. 비록 만 원을 투자하고 반만 건졌지만 그래도 그게 어딘가 싶었다. '역시 회원 가입 한 보람은 있구나' 하는 생각이 들어 지인들에게도 각각 5등 당첨 사실을 알렸다.

또 한 주가 가고 드디어 목요일이 되자 로또 사이트로부터 열 개의 조합된 숫자가 전송되었다. 이번에는 다른 지인들에게는 알리지 않고 나 혼자만 샀다. 공연히 좋은 일 한다는 것이 남에게 손해를 끼칠지도 모른다는 생각이 들었기 때문이다. 이번에는 지난번보다는 더욱 당첨 확률이 높을 거라는 기대감으로 토요일을 기다렸다.

드디어 토요일 저녁 문자가 날아왔다. 혹시나 하는 생각에 얼른 메시지 함을 열어보니

"금주에는 당첨 내역이 없습니다."

순간 지인들에게 알리지 않길 잘했다는 생각이 들었다. 그냥 만 원 희사했다고 자위해버렸다.

또 다른 목요일이 오자 로또 예상 번호가 어김없이 날아와 그냥 무시해 버리려다가도 행여 내가 사지 않은 날 일등이라도 되면 평생 후회할 일이 될지도 모른다는 야릇한 생각에 나도 모르게 로또를 사곤 했다.

한 번은 토요산행을 가느라 로또를 사지 못했는데 마음에 걸려 남동생에게 예상 번호를 주며 꼭 사라고 했다. 혹시나 하는

마음으로 기다리고 있는데 그 날 저녁 날아온 메시지 역시 "금주에는 당첨 내역이 없습니다."

그렇게 몇 차례 허탕을 치다보니 아예 회원 탈퇴를 해야겠다는 생각이 들었다. 하지만 일 년치 돈을 미리 낸 것이 아까운 마음이 들어 메시지만 수신 거부로 돌려놓기로 했다. 그런데 어찌된 영문인지 메시지는 계속 날아왔고 나의 발걸음은 혹시나 하는 생각에 로또 가게로 향하곤 했다.

어쩌다 로또를 못 사는 날에는 행여 일등이라도 당첨이 된다면 복을 차는 격이라 은근히 걱정이 되기도 했지만 "금주에는 당첨 내역이 없습니다."라는 문구가 오면 만 원을 벌었다는 생각에 다행스런 웃음을 지었다.

마침내 마지막으로 사야겠다고 마음먹은 날 저녁 날아온 메시지는 "5등 한 개 당첨!"이었다. 그만두려는 내마음을 어찌 알고 다시 유혹하고 있음이 분명했다. 쓴웃음이 나왔다.

로또 사이트에서 읽었던 일등 사례자 중 한 사람은, 어려운 생활을 하던 중 지푸라기 하나라도 잡는다는 생각으로 매주 로또를 사다가 하필 바빠서 사지 못한 날 로또 사이트에서 일등 당첨되었다는 전화를 받고 순간 지옥에 떨어진 기분이었다고 했다. 다행히 함께 사는 엄마에게 알려주어 로또를 샀다는 말을 듣고는 다시 천당에 올라간 느낌이었다며, 단 일 분 동안에 지옥과 천당을 경험했다던 말이 생각난다. 단돈 만 원 때문에 인생이 바뀔 수도 있다니 참 아이러니한 이야기다.

세상에 공짜는 없는 법이다. 누구나 로또에 당첨된다면 이 세상의 그 많은 일은 누가 다 할 것인가? 로또에 당첨된다는 것은 내가 노력해서 버는 것보다 훨씬 더 어렵다.

호기심에 시작한 로또가 비록 당첨은 안 되었지만 만 원을 투자해 놓고 기다렸던 토요일은 내게 또 색다른 즐거움이기도 했다. 내가 잃은 돈이 로또를 통해 누군가에게 인생 역전의 기회가 될 수 있다면 다행이겠다.

노력해서 성취하는 것이 진정한 로또가 아닌가 한다.

낚시

무더운 여름, 휴가를 갔다가 발을 다치는 바람에 놀지도 못하고 와서 몇 개월 고생한 적이 있다. 그것도 하필이면 오른발이어서 운전조차 할 수 없었다. 매일 돌아다니던 내가 발을 다쳤으니 여간 불편한 것이 아니었다. 그런 나를 옆에서 지켜보던 지인이 근처 바닷가로 낚시를 가는데 함께 가겠느냐고 물었다. 평소 낚시를 좋아하지는 않았지만 돌아다니지 않고 한곳에 있는 일이라 괜찮을 것 같았다.

바닷가는 성수기라 그런지 해수욕을 즐기는 사람과 낚시를 하는 사람들로 붐비고 있었다. 다른 때 같으면 저들처럼 나도 해수욕을 즐겼을 텐데 반 깁스를 한 나의 오른발 때문에 백사장 근처엔 아예 얼씬도 할 수 없었다. 나를 측은지심으로 바라보는 주변 사람들의 시선이 느껴져 미안했다. 지인은 나 때문에 바닷가로 내려가지도 못하고 방파제에서 낚시하기로 했다. 그곳에는 연인 또는 가족들과 낚시를 하러 온 사람들이 꽤 많았다. 그중에는 홀로 와서 바다에 낚싯대를 드리우고 자기만의 상념에 빠진 사람도 있었다.

예전에는 낚시란 할 일 없는 사람들이 하는 것이라고 여겼다. 정적인 활동보다 산행이나 여행처럼 동적인 활동을 좋아하는 나로서는 언제 낚일지 모르는 물고기를 잡는다고 온종일 앉아 있는 강태공들을 도무지 이해할 수 없었다. 게다가 살아있는 생물을 일부러 잡아서 죽인다는 것 자체가 너무 잔인한 인간의 욕심이라고 생각했다. 더욱 내키지 않았던 것은 징그러운 갯지렁이를 맨손으로 잡아서 낚싯바늘에 꿰어야 하고 또 잡은 다음에 버둥거리는 물고기를 손으로 잡아야 한다는 것은 생각만 해도 끔찍한 일이다.

그러나 나의 생각이 약간 잘못되었다는 것을 알았다. 미끼가 꼭 갯지렁이만 있는 것이 아니다. 지인은 낚시용품 가방에서 다양하게 생긴 작은 물고기 모형들을 꺼내 내게 보여주었다. 마치 아이들 장난감 같았다. 물고기들이 냄새도 나지 않는 저런 가짜 미끼에 눈이 어두워 잡힌다는 것이 더욱 흥미로웠다.

우리도 다른 강태공들처럼 낚싯대를 바닷물에 드리우고 그들 옆에 나란히 앉았다.

누구 한 명이라도 물고기를 잡아 올리면 다들 부러운 듯 바라보았다. 낚싯줄은 바닷물이 출렁거릴 때마다 함께 움직였다. 줄 끝에 매달아 놓은 작은 추는 가끔 갯바위에 걸려 줄을 끊어뜨리기도 했다. 한참 동안 드리운 낚싯줄 끝만 바라보고 줄을 끌어당기기를 반복하던 중 지인의 낚시에 드디어 어신이 왔다. 줄을 당겨보니 작은 물고기가 버둥거리고 있는 것이 아닌가! 아직 세상 물정 모르는 어린 새끼가 분명했다. 지인은 모처럼의 수확에 좋아하며 내게 자랑하듯 보여주었다.

'에고, 어쩌다가 저 어린 것이 가짜 먹이를 진짜로 알고 먹으려다 걸렸을까!'

신기하기도 했지만 한편으로는 가엾기도 했다. 막상 낚시에 걸린 작은 물고기를 보니 기분은 그리 유쾌하지 못했다. 한쪽은 잡았다고 의기양양했지만 다른 한쪽은 생사의 갈림길에 있는 것이다.

우리가 사는 인간 세상도 크게 다르지 않은 것 같다. 자신의 쾌락을 위해 남을 짓밟아야 하는 경우가 얼마나 많은가! 수많은 경쟁 속에서 다른 사람을 도와주려는 이보다 남보다 더 잘하고 앞서가려고 우리는 매일 분투하지 않았는가.

지인이 잡은 물고기의 아가미에서 낚싯바늘을 빼려는 순간 버둥거리던 작은 물고기가 그만 바위틈으로 떨어져 버리고 말았다. 모처럼 잡은 물고기를 놓치자 지인은 조금 아쉬워하는 듯했다. 아직 어린 것이니 차라리 잘되었다고 말하자 그 역시 그렇다며 머쓱한 웃음을 지었다.

여름이 끝나갈 무렵, 우리는 또 가까운 바닷가를 갈 기회가 있었다. 때마침 방파제에 어선들이 하나둘 들어오고 있었다. 하루 종일 바다낚시를 갔다가 오는 사람들이었다. 배에서 내리는 그들 각각의 어망에는 잡은 물고기들로 가득했다. 그들의 표정은 마치 개선장군 같았다.

그들을 지켜보던 지인이 갑자기 차에 가더니 낚싯대를 가지고 왔다. 여름이 가기 전에 한 번 해봐야겠다며 방파제 한곳에 서서 낚싯줄을 던졌다. 그곳에는 아이들을 데리고 온 가족들이나 연인 또는 혼자 온 사람들이 낚시를 즐기고 있었다.

　　해가 뉘엿뉘엿 저물어가자 낚시를 하던 이들은 하나둘 돌아갈 차비를 하기 시작했다. 우리 옆에 있던 가족들도 아이들과 짐을 챙기고 있었다. 그들의 어망에는 작은 물고기들이 담겨있었다. 내가 호기심으로 들여다보자 아이들 엄마가

　　"드릴까요? 가져가실래요?" 한다.

　　그녀의 뜻밖의 제의에 감사하며 "물고기들이 너무 어린 것 같으니 다시 바다에 놓아주면 어떨까요?" 했더니 다행히도 그녀 역시 내 말에 동의했다. 아이 아빠가 곧 어망 속 작은 물고기들을 바다에 놓아주었다. 내 마음이 시원해지는 듯했다. 세상 물정 모르고 천방지축 놀다가 사람들에게 잡힌 작은 생물들이 마치 철없는 아이들 같았다. 호기심 많은 아이들이 가끔 부모나 윗사람 말을 안 듣다 사고 나는 경우가 얼마나 많은가!

　　비록 낚시는 제대로 못 했지만 그 날 돌아오는 내 발걸음은 한결 가벼웠다.

　　석양에 물드는 노을빛이 더욱 아름답게 느껴졌다.

공자 심리

"공짜라면 양잿물도 마신다."라는 말이 있다. 그것이 무엇이든 공짜라면 욕심을 내는 것이 보통 사람들의 심리라는 걸 부인할 사람은 없을 것이다. 나도 마찬가지다.

지난 주말, 이메일을 정리하는데, '축 당첨!'이라는 문구가 떴다. 모 프로모션에서 당첨자로 선정되어, 약간의 설문에 응답해 주면 최신형 아이패드를 보내준다는 것이다. 그냥 흘려버리려니 좋은 기회를 놓치는 것 같아 편지를 열어보았다. '21년 인터넷 브라우저를 연간 얼마나 방문하는가?'를 알아보는 설문이었다. 질문이 이상한 것도 아니고 이메일만 간단히 입력하고 응답하면 되는 것이라 대수롭지 않게 여겨 설문에 응했다. 응답을 마치자 1달러의 수수료만 내면 아이패드를 보내준다는 결재창이 나왔다. 잠시 망설였지만 그 밑에 댓글로 남들이 진짜 아이패드가 왔다고 좋아하는 글들을 보니 믿음이 갔다. 금액이 큰 것도 아니고 1달러 정도야 하면서 대수롭지 않게 카드정보를 입력하자 곧바로 1,180원이 내 통장에서 출금되었다. 그런데 막상 결제가 되고 나니 뭔가 미심쩍었다. 내게 집 주소도, 핸드폰 번호도 묻지 않았는데 어떻게 아이패드를 보낸다는 것인지 알 수 없었다. 그리고 이틀 뒤 아침에 '딩동' 하면서 알림문자가 왔다. 47,800원 정도가 내 통장에서 결제된 것이다. 내용을 살펴보니 이름도 생소한 영어로 써 있었다. 해외 결재로 이루어진 것이다. 내가 물건을 산 적도 없는데 이유를 알 수가 없어 카드사로 문의를 하니 상담원이 계속 통화 중이다. 문득 무료로 보내준다는 아이패드 건이 떠올랐다. 카드 결재 내역을 나중에 알아본다는 것이 일하느라 잠시 잊고 있다가 한밤중이 되서야 생각이 나서 결재내역을 누르니 영어 홈페이지가 연결되어 사이트를 방문할 수 있었다. 해외 게임사이트였다. 놀라서 약관을 자세히 읽어보니 두 번 결재로 끝나는 것이 아니라 취소하지 않으면 매월 정기 결재가 일어나는 것이었다.

순간 신종 보이스피싱이 생각났다. 이대로 있다가는 또 계속 결재될 것 같아 한밤중이지만 용기를 내어 카드사에 분실신고를 했다. 일단 더이상 돈이 빠져나가는 것은 막을 수 있어서 안심이 되었다.

그냥 나만 손해보고 넘어가려다가 또 누군가가 나처럼 이런 일로 피해를 볼 수 있겠다는 생각이 들어 다음 날 아침 해당은행을 찾아가 자초지종을 말하고 새로운 카드를 발급받았다. 은행원은 요즘 이런 일이 많이 발생한다고 조심해야 한다며 카드를 해외 결재가 안 되는 기본적인 체크 기능으로 발급해주었다. 비록 작은 돈이기는 하나 필요하면 비자 카드사에 이의신청을 해도 된다고 한다.

언젠가 지인이 페이스북으로 알게 된 미모의 젊은 외국여성과 카톡을 하다가 낭패를 보았던 일이 생각났다. 그녀는 미국인으로 부잣집 딸인데 갑자기 부모님이 두 분 다 비행기 사고로 돌아가시는 바람에 많은 돈을 상속받게 되었다고 했다.

형제도 없고 외로운데 지인을 알게 되어 기쁘다며 자신의 양아버지가 되어달라고 했다. 지인은 독실한 기독교인의 동정심으로 그녀의 고민을 들어주는 멘토로 2개월 정도 톡을 나누게 되었다.

그러던 어느 날 그녀가 미국은 친한 사람도 별로 없어서 차라리 한국으로 와서 양아버지 근처에서 살고 싶다는 편지글을 보내왔다. 그리고 며칠 후 그녀는 짐을 싸서 한국으로 오는데 중도에 제3 국을 경유해야 할 일이 있다고 했다. 지인은 그녀가 온다는 말을 듣고 좋아하며 내게 사진까지 보여주었다.

그런데 제3 국에서 문제가 생겨 돈이 필요하니 빌려주면 한국에 들어와서 갚고 지인의 부채도 모두 정리해 주겠다며 사정을 했다. 당시 그는 사업상의 부도로 경제적으로 매우 어려운 상황이어서 그녀를 도와 줄 여력이 없는 사람이었지만 그녀가 계속 딱한 상황을 하소연하는 바람에 없는 돈을 빌려서까지 약 4천여만 원을 송금했다. 옆에서 지켜보던 나는 아무래도 이상하니 돈은 보내지 말라고 했으나 그는 내 말에 아랑곳하지 않았다. 결국 그녀가 종적을 감추는 바람에 큰 낭패를 보고 말았다.

내가 아이패드를 욕심내다가 당했듯이 그도 부채를 다 갚아
준다는 말에 공짜심리가 발동했던 것은 아닐까 하는 생각이 들
어 기분이 묘했다.

세상에 공짜로 얻어지는 것은 없다.

우주여행

전 세계적으로 우주여행에 대한 관심이 높아가고 있다. 1957년 소련이 세계 최초로 인공위성 스푸트니크 1호를 발사해서 세상을 놀라게 했다. 선수를 빼앗긴 미국이 분발하여 1969년에 인류 최초로 닐 암스트롱을 달에 착륙시켰다. 당시 그 사건은 전 세계를 떠들썩하게 했다. 초등학생이었던 나도 온 가족과 TV 앞에 모여앉아 신기한 눈빛으로 지켜보았던 기억이 아직도 생생하다.

그날 이후로 반세기가 넘는 세월이 흘렀지만 인간이 다른 행성에 가는 일은 없었다. 많은 탐사선이 우주로 날아갔지만 정작 인간의 우주여행은 큰 진전을 보지 못한 셈이지만, 2008년에는 이소연 박사(당시 30세)가 대한민국 최초로 우주 비행에 참가해서 (Space Flight Participant) 국제 우주 정거장을 다녀왔다. 무엇보다도 그녀가 대한민국 사람이라는 사실이 온 국민에게 자부심을 심어주었다. 웬만한 남자들도 힘든 우주여행에 발탁되었다는 소식에 무슨 임무를 띠었을까도 궁금했다. 어쨌든 우리나라도 우주여행에 한몫을 한다는 것이 자랑스러웠다.

그녀는 카자흐스탄 바이코노루 우주기지에서 러시아의 소유즈 로켓을 타고 220km의 지구궤도에 진입했고 소유즈 우주선은 약 이틀 후 지상 380km에 있는 국제우주정거장(ISS)과 도킹하는 데 성공했다. 그곳에서 이소연 박사는 11일간 여러 가지

과학실험을 수행하고 무사히 지구로 귀환했다. 당시 전 국민이 TV 생중계를 보며 벅차오르는 감동으로 박수를 보냈던 것이 마치 엊그제 일 같다.

이소연 박사는 36,000대 1의 경쟁률을 뚫고 우주인이 되었다. 전 세계 인구 중에 우주인으로는 475번째, 여성으로서 47번째, 아시아계 여성으로 4번째, 한국인으로서는 첫 번째 우주인이라는 타이틀을 가진 그녀는 많은 이들의 선망의 대상이 되어 자라는 청소년들에게 우주여행에 대한 꿈을 심어주었다. 나 역시 그녀가 부러웠다. 젊은 나이에 세계여행도 아닌 우주여행을 다녀왔다는 것은 로또에 당첨되는 것보다 더 어려운 행운이다.

그녀가 우주로 출발하기 전 문득 1986년 1월 28일 발사된 미국의 '챌린저호'가 생각났다. 당시 7명의 승무원을 태운 우주왕복선은 발사 73초 만에 폭발하며 전원 사망했다. 생중계를 지켜보던 수많은 세계인에게 그 사건은 충격이었다. 나는 이소연 박사의 무사 귀환을 마음속으로 기도했다

그녀는 인터뷰에서 우주인들에게 가장 행복한 시간은 아름다운 지구를 내려다보는 시간이었으며, 그 시간이 가장 편안하고 행복했다고 했다. 우주의 광활한 세계를 경험하면 이 지구상에서 서로 경쟁하며 사는 모습들이 우스꽝스러워 보일 것 같다. 그녀는 그 후 우리나라 대학에서 겸임교수로 재직한 후 현재는

미국에서 의사 남편과 결혼해 평범한 주부로 지낸다고 한다.

그동안 강대국들이 주로 우주에 대해 많은 탐사선을 띄웠지만, 민간기업들이 나선 적은 별로 없었다. 그런데 얼마 전, 한 민간 기업이 여러 해 준비 끝에 마침내 꿈에 도전했다. 세계 제일의 부호인 영국 버진그룹 브랜슨 회장이 2021년 7월 12일 자신이 세운 우주 기업 '버진갤럭틱'의 우주선을 타고 4분간 우주의 무중력을 체험하고 돌아왔다. 그는 자서전에서 새로운 도전을 좋아한다고 했는데 우주 관광여행에 대한 오랜 꿈을 드디어 이룬 것이다.

이 우주선의 독특한 점은 우리가 알고 있는 로켓을 처음부터 사람들이 타고 가는 고정관념의 틀을 깼다는 것이다. 특별히 고안된 큰 비행기에 우주선을 싣고 상공에서 하늘로 발사하는 것인데 인원은 4명으로 한정된다. 가장 큰 장점은 기존의 우주선들이 연료 손실이 크고 고비용이 드는 데 비해 연료가 절감되고 재사용함으로써 비용도 많이 절감된다고 한다. 상상을 현실로 만든 기발한 발상이다. 사실 그동안 과학기술의 발전이 눈에 띄게 향상되었는데도 수십 년 동안 우주에 사람이 직접 가지 못한 것은 엄청난 고비용 때문이기도 하다.

이어 7월 20일에는 아마존 창업자인 제프 베조스도 블루 오리진의 로켓으로 우주를 다녀왔으며, 그는 아마존 CEO를 사임

하면서 이 블루 오리진에 집중하겠다고 밝힌 바 있다. 일론 머스크의 스페이스X도 민간인만 태운 우주선으로 지구 선회 관광에 나서기로 하는 등 민간 우주여행 시대가 본격화하고 있다.

우주여행 경비에 대해 미국 투자은행 코웬은 순자산이 500만 달러(약 57억 원)가 넘는 전 세계 우주여행의 '잠재적 수요자' 240만 명 가운데 39%가 표 한 장에 25만 달러(약 2억 8,000만 원) 이상 낼 의향이 있는 것으로 추산하고 있다. 세계 부자들 600명이 벌써 예약되어 있다고 한다. 우주는 아름답지만 직접 간다는 것은 대단한 모험이라, 목숨을 걸고서라도 도전할 만한 가치가 있을까 하는 생각이 든다. 이제 우주여행은 먼 나라 이야기가 아닌 우리들의 이야기가 될 날도 머지않은 듯하다.

오늘 밤 문득 밤하늘을 올려다보며 어린 시절 점찍어 둔 나의 별을 찾아본다. 반짝이는 별을 바라보는 것만으로도 나는 행복하다.

엄마의 착각

일요일 아침, 바빠서 잠시 미뤄 둔 일들을 처리하기 위해 모처럼 일찍 일어났다. 일을 막 시작하려는 순간 딸이 방에서 나오며 "엄마! 오늘 대학로에 연극 보러 오세요." 한다.

연극배우를 하고 있던 딸이 자신이 공연하는 작품이 끝나가니까 한 번 다녀가라는 것이다. 매일 바쁘다는 핑계로 연초에 한 번 보고 나서는 가본 적이 없었다.

오늘은 엄마가 꼭 해야 할 일이 있으니 다음 주에 가면 안 되겠느냐고 하니

"그러면 오지 마세요." 한다.

말투가 많이 서운한 눈치다. 할 수 없이 다른 일을 미루고 오후 3시 공연을 보러 갔다. 대학로에는 많은 젊은이들로 붐비고 있었고 작은 소극장 앞에는 배우들이 나와 관객들을 직접 맞이하고 있었다.

딸은 나를 보자마자 얼굴이 환해지면서 작은 쪽문으로 데리고 가더니 입장권을 살며시 건네준다. 극단 단원들을 위해 준비해 간 빵과 음료수를 딸의 손에 건네주고 객석 중앙에 자리를 잡았다. 소극장 안에는 대부분 젊은 연인들이 객석을 채우고 있었다. 나 역시 한때는 저들처럼 좋아하는 남자 친구랑 연극공연을 즐긴 적 있다. 내가 마지막으로 본 연극은 제목도 희미해진 뮤지컬로 십여 년 전 본 것이 끝이었고 그 후로는 한동안

대학로에 갈 일이 없었다.

드디어 불이 꺼지고 요란한 음악 소리와 함께 연극이 시작되었다. 제목은 〈아 유 크레이지〉라는 것인데 대학로에서 제법 인기 있는 코믹한 음악극이었다.

'자, 당신은 정상일까요? 비정상일까요?'라는 주제로 이루어진 연극의 주요 내용은 정신의학계의 초엘리트 유학파 천재 여 박사가 어느 날 현대 정신의학이 정의하는 정신병 기준에 대한 강한 의구심을 느끼면서 이야기는 시작된다.

정신병 기준 재정립에 대한 세미나에서 철저하게 외면당한 여 박사는 결국 자신의 든든한 후배와 함께 정신병원에 위장 입원을 하게 되면서 펼쳐지는 환자들의 각종 사연 및 정신병동의 비리에 얽힌 진풍경을 보여준다.

그들이 버라이어티하게 벌이는 좌충우돌 요절복통 사건들이 웃음과 감동이 화려한 댄스와 함께 어우러져 관객들의 마음을 사로잡는다.

예전의 연극들은 주로 큰 무대에서 이루어져 관객과 거리가 있었다면 요즘 소극장의 공연은 규모가 작고 가족적인 분위기로 관객과 소통하는 방식을 취하고 있어 한 시간 삼십 분이 지루할 틈 없이 지나간다.

딸이 맡은 배역은 귀여운 초보 간호사 역이었는데 그녀의 이미지와 제대로 어울리는 듯했다. 무대에서 딸은 평소와는 또 다른 모습을 보여주고 있었다. 철부지 간호사 같은 역할을 잘 소화해내고 있었고 때로는 당찬 댄스 장면을 보여 관중의 환호를 받기도 했다.

예전 같으면 무대에서 다른 사람들을 위해 연극을 한다는 것은 생각지도 못한 일이다. 어릴 때부터 예체능에 남다른 끼를 가지고 있던 딸은 무척 명랑하여 주변인들에게 사랑을 많이 받았다. 그러한 딸의 모습을 보면서 어미인 나는 아이의 장래에 대해 여러 번 착각을 했다.

5세 무렵에는 텀블링을 하도 잘해서 이다음에 크면 리듬체조 선수가 되려나 보다 했다가, 6세 무렵 수영장 다닐 때는 아이가 달리기를 잘하니 육상선수를 시켜 보라는 코치의 말에 의아해하기도 했다.

초등학교를 들어가자 수영코치 말대로 딸은 운동에서도 두각을 나타내기 시작했다. 체육대회 때마다 육상 선수로 선발되더니 언제나 역전의 선수로 계주대회에서 자기 팀을 승리로 이끌었다. 이뿐만 아니라 학교 육상선수 및 배드민턴 선수로 뛰는가 하면, 우연히 시작한 스케이트로 전국대회에서 메달을 받는 등 빙상선수로 발탁되어 매일 스케이트장에서 하루의 시작과

끝을 보내기도 했다. 스케이트 코치는 이대로라면 국가대표가 가능하다며 나를 또 착각하게 했다.

중학교 때는 졸업을 앞두고 우연히 알게 된 한 연예 아카데미 광고를 통해 방송연기 및 댄스에 대한 무료특강을 받게 되었다. 그때부터 딸은 연기를 하고 싶어 했지만 그 길이 험난하다는 이유로 나는 극구 말렸다. 그러나 그렇게 명랑하고 건강했던 딸이 운동을 그만두자 생각지 못한 심한 배앓이를 하면서 점점 대인관계에서 생기를 잃어서 홀로 집안에 있는 시간이 많아지기 시작했다. 짜증을 내고 누가 집에 오는 것도 싫어했으며, 물소리, 발소리조차도 싫어했다.

딸의 건강은 점점 나빠졌고 집안 분위기도 우울해져서 좋다는 병원은 다 찾아다녔지만 딸의 건강을 예전처럼 되찾을 수는 없었다. 우연히 알게 된 최면치료를 통해 문제파악이 되자 그제야 아이가 좋아하는 일을 하도록 했다. 울적한 마음을 다스리고자 취미로 시작한 쿠키와 빵 만들기로 딸의 마음과 몸이 어지간히 치유되었다. 주변의 사람들은 딸에게 제과·제빵을 만드는 공부를 해서 일등 파티셰가 되라고도 했다.

유아교육을 전공한 딸은 유치원 교사로 일 년 정도 근무하더니 자신의 길이 아닌 것 같다며 늦게나마 예전부터 원했던 연기공부를 시작했고 드디어 연극배우 생활에 입문한 것이다. 매일 공연을 통해 남들 앞에서 춤을 추고 연기를 하는 딸은 마냥 행복해 보였다.

"그 누구도 남의 인생에 참견하지 말라."는 어느 유명 스님의 말이 떠오른다. 부모일지라도 자식의 인생에 끼어들지 말라는 것이다. 인생이란 스스로가 알아가는 하나의 과정인 것이다. 어느새 훌쩍 커버린 딸의 모습을 보면서 여러 번 착각했던 내 생각에 슬며시 미소 짓는다.

곳간

"곳간에서 인심 난다."라는 말이 있다. 이것은 물질적 여유뿐만 아니라 정신적으로 넉넉한 인심을 뜻하기도 한다. 왠지 '곳간'이라는 말은 듣기만 해도 기분이 좋다. 그곳이 바로 배고픔을 채워줄 수 있는 보고이기 때문이리라.

몇 해 전, 길을 가다가 '곳간'이라는 상호가 눈에 띄었다. 가게 유리창 앞에 놓인 옛 항아리에 '동동주'라는 글씨가 씌어있었다. 평소 토속적인 것을 좋아하는 터라 한번 들어가 보고 싶다는 생각이 들었다. 같이 가던 일행과 문을 열고 들어가니 그곳에는 보름달 같은 중년 여인이 환하게 웃으며 반가이 맞았다. 아직 초저녁이라 그런지 우리가 첫손님이었던 것이다. 가게 안이 좀 옹색하기는 했지만, 그런대로 그녀의 개성이 곳곳에 묻어 있었다.

동동주와 모듬전이 나왔다. 음식마다 그녀의 손맛이 배어 있었다. 무엇보다도 동동주 맛이 일품이었다. 더욱 신기한 것은 그곳에서 동동주를 먹고 난 다음 날은 피부가 마치 마사지한 것처럼 매끄러워졌다는 점이었다. 그리고 보니 그녀의 피부 또한 뽀얗고 예뻤던 것도 동동주 때문이 아닐까 싶었다. 처음에는 우연의 일치라고 생각했는데 두세 번 먹을 때마다 다음날 나의 피부는 다른 때보다 더 예뻐지는 것 같아 기분이 좋았다. 평소 술을 먹으면 다음 날 피부가 칙칙해지고 까칠하거나 뾰루지가 생겨 고민이었는데 참으로 희한한 일이었다. 그 후 나는 가끔 그곳을 일부러 찾곤 했다.

그러던 어느 날, 갑자기 '동동주와 전' 생각이 나서 그곳을 다시 찾았다. 아직 이른 시간이었는데도 벌써 몇몇 손님들이 정담을 나누고 있었다. 예전처럼 동동주와 전을 시켰다. 곧이어 하나둘 단골손님들이 모여들기 시작했다. 주인의 인심과 손맛 때문인 듯하다.

우리 테이블의 안주가 떨어질 무렵, 갑자기 옆 테이블에 있던 여자 한 분이 자신들의 안주가 너무 많다며 우리 접시에 덜어주었다. 뜻밖의 인심에 고맙다는 답례로 우리는 동동주를 건넸다. 그녀는 남편과 함께 왔는데 그 역시 사람이 좋아보였다. 어느새 우리는 그들과 자연스레 대화의 장을 열기 시작했다. 그때 맞은편에 홀로 앉아 있는 모자 쓴 중년 남자가 부러운 듯 물끄러미 바라보고 있는 것이 눈에 띄었다. 그의 모습에는 무언가 외로움이 묻어 있었다. 성격 좋은 나의 일행 중 한 명이 혼자 먹는 것보다 함께 마시는 것이 좋지 않겠냐며 그에게 우리 옆자리로 올 것을 권했다. 그는 내심 좋으면서도 나의 눈치를 살피는 듯했다. 내가 괜찮다고 하니 그제야 술과 안주를 들고 왔다. 어느새 그 작은 가게 안은 훈훈한 정이 감돌았다.

우리와 자리를 함께하게 된 남자는 한 잔, 두 잔 술잔이 오가

자 조심스레 자신의 과거사를 털어놓기 시작했다. 그 누구에게
도 쉽사리 자신의 이야기를 하지 않았는데 왠지 좋은 사람들이
라는 느낌이 들어 오늘은 털어놓고 싶다는 것이다.

대학 졸업 후 직장 생활을 십여 년 착실하게 하다 모은 재산
으로 삼십 대 중반에 동대문시장에 조그만 가게를 열었던 일과
운영 초반 몇 개월은 적자가 나서 마음고생했던 일, 그러다 어
느 날부터 대박이 나도록 운영이 잘되어 그야말로 세상 부러울
것이 없었던 일 등을 스스럼없이 털어놓았다.

그러나 세상은 그를 그렇게 승승장구하게 놓아주지 않았다.
사업이 잘되자 그는 중국시장에 손을 뻗었고 결국 믿었던 사람
들에게 사기를 당해 한순간에 재물, 가족, 건강 등 모든 것을
잃어버리고 말았다. 극심한 스트레스로 머리카락과 눈썹까지
모두 빠져 평범한 직장조차 구하기 힘들어 몇 개월을 방황했지
만, 이제는 다시 초심으로 돌아가 공장에서 일한다고 했다. 아
직 사십 대 초반이건만 지난 오 년 동안 인생을 다 산 것 같다고
했다. 이야기를 듣는 동안 측은지심이 들었다. 내 막냇동생과
동갑내기인데 마음고생을 많이 해서인지 훨씬 나이가 들어 보
였다. 그는 내게 사람을 너무 믿지 말라고 당부했다. 자신이
믿었던 주변 사람들로부터 받은 상처 때문이리라. 그래도 칠전
팔기의 의지로 인생을 다시 시작하는 그에게 마음속으로 응원

의 박수를 보내고 싶었다.

그때 갑자기 가게 주인이 옆 테이블에 앉아 있다가 큰 소리로

"오늘 우리 함께 노래방 가면 어떨까요?" 했다.

손님들은 그녀가 평소 잘 알고 있는 단골손님 세 팀이었다. 그녀는 나의 동의를 구했고 우리는 그들을 돌아보며 잠시 망설였다. 홀로 온 그 남자도 의아한 표정이지만 싫지 않은 듯했다. 나만 동의하면 되었다. 술 마시다 노래방을 가다니 뜻밖의 제의였지만 곳간의 인심 앞에는 나 역시 동의하지 않을 수 없었다. 어쩌면 저 외로운 그를 위해서였는지도 모른다. 세상에는 나쁜 사람만 있는 것이 아니라는 것을 보여주고 싶었다.

우리는 근처 노래방으로 향했다. 그곳에 직업의 귀천 따위는 없었다. 순수한 아이들이 학창시절의 캠프파이어를 하는 것 같았다. 나이도 서로 비슷한 연배였지만 노래를 부르는 동안 어느새 누나, 언니 하며 모두 하나가 되었다.

그곳을 나섰을 때 중년 남자는 오늘 너무 즐겁고 고마웠다며 내게 인사를 했다. 사업 실패 이후 노래방을 처음 와 보았다는 것이다. 그의 환한 미소를 보며 노래방 가기를 잘했다는 생각이 들었다.

때로는 원칙을 깨는 것이 아름다울 때도 있다. 술 마시러 갔

다가 가게 주인과 그 안에 모인 손님들이 함께 노래방을 간다는 것은 흔한 일이 아니다. 흔치 않은 일이 벌어진 것도 곳간의 인심 때문이 아니었을까!

미운 오리 새끼

얼마 전 TV '동물농장'이라는 프로그램에서 동물원의 희한한 백조 이야기를 소개한 적이 있다. 다른 백조들은 호숫가에서 무리를 지어 노니는데 유난히 한 백조는 그들을 떠나 사람들이 걸어 다니는 도로를 걸어 다니는 것이었다. 주변의 관광객들은 어른 아이 할 것 없이 이 신기한 백조를 따라다니며 즐거워했다. 하루 종일 사람들 사이를 헤집고 다니는 이 백조 때문에 젊은 사육사 한 명은 다른 일을 볼 틈도 없이 따라다니며 백조의 배설물을 치우고 발이 부르트면 약도 발라 주는 등 진풍경을 자아내고 있었다.

그 백조의 이름은 '백순'이었다. 다른 백조가 있는 물가에 데려다 놓자 혼자서 멀리 헤엄을 치며 다른 무리와는 조금도 어울리려 하지 않았다. 그를 지켜보는 관계자들이나 관광객들은 그저 신기한 백조라고 여겼고 나 역시 백순이가 혼자 있는 것을 즐긴다는 생각을 했다.

그러던 어느 날, 갑자기 태풍이 몰아쳐 온다는 일기예보에 사육사들은 호수에 있는 백조들을 좁은 실내공간으로 모두 옮겨 왔다. 그들의 동태를 살피기 위해 설치한 감시카메라를 지켜보던 중 한 이상한 장면이 포착되었다. 그것은 얌전히 있던 백조들이 갑자기 하나 둘씩 백순이 곁에 가더니 번갈아 부리로 쪼아대기 시작하는 것이었다. 깜짝 놀라 자세히 살펴보니 다른 백조들이 모두 백순이를 괴롭히고 있음을 알 수 있었다. 백순이는 자꾸 구석으로 몸을 피했고 백조들은 그러한 백순이를 쫓아다니며 괴롭히고 있었다. 평소 홀로 있기를 좋아하고 호수보다는 육로를 좋아해서 사람들을 따른다고 생각했는데 알고 보니 백순이는 '미운 오리 새끼'였던 것이다. 그 모습을 지켜보던 많은 이들은 갑자기 가슴이 뭉클해졌다. 그것도 모르고 겉으로 보이는 모습만 보고 이상한 백조라며 함께 웃고 따라다녔으니 백순이의 속마음을 그 누가 알았으랴.

태풍이 지나가고 다시 백조들을 호수로 데려다 놓고 먹이를 주고 자세히 관찰하기 시작했다. 백조 무리 중 가장 우두머리 격인 백조가 먼저 다가와 먹이를 먹더니 다음에는 2순위 백조가 왔다. 그 때 백순이가 먹이통 옆으로 오자 다른 백조들은 하나같이 부리로 가까이 오지 못하게 쫓아 내기 시작했다. 3순위에 해당되는 청둥오리조차 백순이를 업신여기고 쫓아냈다. 먹이 하나도 제대로 못 먹은 백순이는 다시 홀로 그들을 떠나 멀리 호수 주변을 헤엄쳐 갔다. 순간 어릴 적 읽은 안데르센 동화 중 〈미운오리 새끼〉가 떠올랐다.

유난히 크고 보기 싫게 태어난 오리 새끼 한 마리가 형제들에게 구박받고 심지어 엄마에게조차도 외면당하자 집을 나오게 되면서 펼쳐지는 미운 오리 새끼의 많은 고난과 외로움은 동화를 읽는 많은 이들에게 잔잔한 감동을 불러일으켰다.

평소 유치원, 어린이집을 수년간 경영한 탓에 다른 이들보다는 수십 번 더 많이 읽었음에도 불구하고 늘 '미운 오리 새끼'는 내 마음을 뭉클하게 했다.

특히 미운 오리 새끼가 갖은 고생 끝에 우연히 호숫가에 무리지어 노니는 하얀 백조들을 보면서 '나도 저런 백조라면 얼마나 좋을까?'라는 생각을 하는 내용은 마치 우리의 삶과 흡사하다는 생각을 하게 한다.

추운 겨울이 지나고 따스한 봄이 오자 미운 오리 새끼는 날개 밑이 간지러워 날갯짓을 하다가 하늘로 날아오르는 자신의 모습에 깜짝 놀라게 되고 그제야 자신이 오리가 아니고 백조라는 사실을 깨닫게 된다.

현대를 살아가는 우리 사회에도 이런 미운 오리 새끼와 같은 이야기가 종종 있다.

내가 어릴 적에는 들어본 적도 없던 '왕따'라는 말이 우리 사회 곳곳에 만연되어 있다. 특별한 이유 없이 남을 괴롭히고 소외시키는 군중심리는 마치 약육강식 동물의 세계와 별반 다르지 않다. 아무 생각 없이 내뱉는 말 한마디나 행동에 누군가는 깊은 마음의 상처를 받고 아파한다. 이러한 일들은 타인뿐만 아니라 부모형제와 같은 가까운 사이에서도 흔히 일어난다.

언젠가 어떤 청소년은 온라인에서 논쟁을 벌이다 불특정다수가 쓴 악성 댓글 때문에 혼자 고민하고 힘들어하다 결국 스스로 목숨을 끊기도 했다.

이처럼 SNS 문자폭탄이라는 신종 왕따까지 횡행하여 세상이 더 삭막해졌다.

모두가 인정에 목말라한다. 사람 냄새가 그립다.

성공 인자

이른 새벽, 요란한 알람 소리에 잠이 깼다. 창밖에는 아직 어둠의 그림자가 머물러 있다. 졸린 눈을 비비며 일어나려니 따끈한 돌침대가 쉽게 놓아주지를 않는다. 시간을 보니 새벽 5시 30분. 예전 같으면 새벽잠에 깊이 빠져있을 시간이다. 급히 세안을 하는 등 출근준비를 서둘렀다.

오전 6시경에 집을 나서니 겨울철 새벽공기가 제법 차갑게 느껴진다. 때 맞춰 마을버스가 왔다. 집 앞이 버스정류장이다 보니 대형 자가용 기사가 마치 나를 데리러 오는 듯하다. 버스가 근처 지하철역까지 가는 동안 버스 안은 어느새 하나 둘 남녀노소로 가득 차기 시작했다.

버스가 지하철역에 도착하자 승객들은 모두 바쁜 걸음을 재촉한다. 나 역시 종종걸음으로 지하철 플랫폼으로 내려갔다. 잠시 후 지하철이 들어와 얼른 올라타 보니 아직 이른 시간임에도 불구하고 많은 사람들이 서 있을 정도로 승객이 많았다. 아직 잠이 덜 깬 기색들이 역력해 보인다. 어떤 이는 본인의 잠자는 모습을 보여주기 싫은 양 모자를 깊이 눌러쓰고 있다. 그들 중에는 아직 잠이 한참 모자랄 만한 청년들도 많이 눈에 띄었다. 도대체 저들은 모두 어디로 향하는 것일까?

그중에는 출근하느라 일찍 가는 사람도 있겠지만 야근을 하고 귀가하는 사람도 있을 테고 또 자기계발 때문에 일찍 나섰을

지도 모른다. 내가 잠에 빠져 있을 동안 이렇게 많은 사람들이 새벽을 달리고 있었다는 사실에 새삼 놀랐다. 새벽을 여는 그들을 바라보며 그동안 내 자신이 게을렀구나 하는 생각이 들었다.

내가 새벽에 출근하게 된 데에는 계기가 있었다. 그것은 얼마 전 평소 잘 알던 사장님이 유명 모 회사의 회장님을 소개해 준 것이다. 처음에는 성공한 분이니 그냥 서로 알아두면 도움이 될 것이라 여겼다. 막상 만나 보니 특별한 인간미가 있는 분이라는 것이 느껴졌다. 그 분은 육십 대 중반으로 투철한 국가관과 불우이웃을 돌볼 줄 아는 따뜻한 마음, 내면의 깊은 신앙심, 남다르게 부지런하고 열정적인 분이었다. 자수성가하여 본인의 업적을 많이 이루었고 이름을 대면 알 정도로 사업도 성공했다. 게다가 사회단체장도 고루 역임하고 현재도 다양한 단체장 역할을 맡아 바삐 활동하는 분이었다. 회장님은 글로벌 사업을 위해 또 하나의 사업을 기획하고 있다며 그것을 도와달라고 했다. 그리하여 남다른 그분의 인간적인 매력에 나와 함께 만났던 다른 세 명의 리더사업자들도 함께 동참하게 되었다.

회장님과 매일 만나며 여러 가지 논의를 하는 동안 모두 자신들의 특성이 하나 둘 눈에 띄기 시작했다. 회장님의 화끈한 카리스마에 신중한 대표사업자, 행동으로 돌진하는 부산 사나이, 남의 이야기를 잘 들어주고 동조해주는 마음이 따뜻한 K,

회사나 모든 사람의 이익을 위해 좋다고 여기면 나의 생각을 서슴없이 내뱉는 나까지 모두 개성이 넘쳤기 때문이다.

이러한 우리 네 사람을 일컬어 회장님은 삼국지에 나오는 사인방 같다고 했다. 유비, 장비, 관우, 제갈공명이 다 모였다는 것이다. 오히려 달라서 더 잘된 것이라고 했다. 내 생각도 마찬가지다. 사람은 너무 같은 사람들만 있으면 발전하기 어렵기 때문이다. 때로는 회장님과 사인방이 어떤 논의를 하다 보면 가끔 불꽃이 튈 때도 있다. 회장님도 그것에는 한몫을 더했다. 당신이 옳다고 여기는 것은 웬만해서는 물러서지 않았기 때문이다. 어쩌면 그 분의 성공은 그런 고집과 당당함에 있었는지도 모른다.

어느 날 커피숍에서 회장님은 우리 사인방에게 한 제의를 했다. 오전 7시까지 사무실에 출근해서 성공트레이닝을 하자는 것이다. 성공하는 사람들은 대체적으로 부지런하다며 성공하기 위한 노력이 필요하다고 한다. 새벽에 일어나 조찬모임을 하는 사람들이 곳곳에 많다며 일찍 일어나 활동하는 습관을 가지라는 것이다.

우리 사인방은, 회장님의 말씀은 인정하지만 쉽게 그렇게 하겠노라고 아무도 선뜻 대답하지 못했다. 말을 하면 곧바로 지켜야 되기 때문이다. 평소 야행성으로 새벽까지 무언가를 하느라 늦게 자는 내게 새벽에 일어나 오전 7시까지 삼성역에 온다는 것은 그리 쉬운 일이 아니다. 그중 한 사람은 집이 일산이라 더욱 난감해 했다. 새벽 첫 전철을 타고 두 시간 정도 와야 하기 때문이다.

잠시 망설이다 1주일에 한 번만 하면 어떠냐고 하니 당장 내일 아침부터 실시해야 한다는 것이다. 오늘 일을 내일로 미루면 내일도 오늘 같은 결과가 나오기 때문에 성공하기 어렵다고 한다. 내가 어려워하는 일을 반대로 행동해야만 결과도 반대로 나온다는 것이다. 지금 내가 성공자의 모습이 아니라면 힘들더라도 작은 습관부터 바꿔야 된다는 것이다. 지당한 말이다. 늘 성공학 교실에서 많이 들었지만 행동으로 옮기기가 쉽지 않았다. 회장님은 내게 한마디 덧붙였다. "○○○가 성공 인자가 있나 보자." 하는 것이다. 내일부터 다른 사람들도 누가 성공 인자가 있는가 보겠다며 무조건 당장 시작하자고 했다. 당신도 동참하겠다는 것이다.

순간 '성공 인자'라는 말이 나의 뇌리에 섬광처럼 번쩍 스쳤다. 우리 사인방은 '성공 인자'라는 회장님의 말에 모두 정신이 번쩍 들었다. '그래, 나도 나를 테스트해 보자.'라는 오기 같은 것이 생겼다. 다음날부터 곧바로 비상이 걸린 듯 행동으로 옮기기 시작했다. 오전 7시도 안 되어 하나 둘 사무실에 도착하니 늦게 출근한 주변 사람들이 모두 대단하다는 듯 우리를 바라보았다.

회장님은 우리를 만나기 전 이미 교회에서 새벽기도를 마치고 "벌써 나는 두 탕을 뛰는 거야."라며 당신을 만나려면 오전 7시에 오라고 했다. 새벽에 일찍 오는 사람만이 진정 내 사람이라고 여기겠다며 아침특강으로 당신의 살아온 여정을 소개했다. 겉으로는 평탄하게 성공했을 것 같은 그 분의 지난 세월은 많은 어려움 속에서도 굴하지 않고 자신과의 싸움에서 이겨낸 결과였다. 정말 그 분의 삶의 모습이 대단하다고 여겨졌다. 오늘날 그 분의 모습은 젊어서부터 남다른 부지런함과 열정이 만들어낸 결과였다.

성공은 말하기는 쉽지만 누구에게나 쉽게 얻어지는 것은 분명 아니다. 남다른 노력과 힘든 자신과의 싸움에서 진정 승리한 자만이 누릴 수 있는 것이다.

오늘도 나는 내면의 성공 인자를 싹틔우기 위해 나와의 싸움에 도전 중이다.

2부

비오는 날의 외출

비 오는 날의 외출

일요일 오후, 창밖에 내리는 비가 나를 유혹한다. 할 일은 많은데 누군가를 만나 수다라도 떨고 싶어진다. 때마침 내 휴대폰 벨소리기 요란하게 울린다. 평소 친한 동호인 A로부터 비도 오는데 무엇을 하느냐며 점심이나 먹자는 제의다. 마침 잘되었다 싶어 집안일은 일단 뒤로하고 곧바로 승용차를 몰고 길을 나섰다.

차창 밖에 부딪치는 빗방울 소리가 마치 음률처럼 들려온다. 스쳐 가는 도로 옆 가로수들 역시 빗물에 씻긴 모습이 더욱 푸르게 느껴졌다.

삼십여 분쯤 달려가자 약속 장소에 A가 우산을 쓰고 마중나와 있었다. 오늘처럼 비가 오는 날에는 따뜻한 칼국수가 안성맞춤인 듯해 근처 바닷가를 찾기로 했다. 가는 길목에 기다란 시화방조제가 유난히 눈에 띄었다. 비가 오는 중에도 몇몇 사람들이 도롯가에 차를 세우고 낚시를 하고 있는 모습이 눈에 들어왔다. 호기심에 차를 세우고 우중 낚시에 여념 없는 그들을 바라보았다. 저들은 지금 무슨 생각을 하고 있을까. 단순히 미끼에 속아 낚여 올라올 어리석은 물고기만 기다리고 있을까, 아니면 인생의 고달픈 상념들을 떨구고자 명상에 잠겨 있을까. 어쩌면 복잡한 현대를 살아가는 우리들에게 가끔은 저런 시간들이 필요할지도 모른다. 정신없이 스쳐 가는 일상을 뒤로하고 강태공이 되어 하루를 보내보는 것도 모든 시름을 잠시나마 잊을 수 있는 방법이리라.

바다는 비 때문인지 물안개가 자욱하여 멀리 다른 풍광은 제대로 볼 수가 없었다. 처음에는 시원하게 느껴졌던 바닷바람이 조금 시간이 지나자 차갑게 느껴졌다. 휴대폰에 한 장의 인증 샷을 남기고 우리는 근처 바닷가로 향했다.

'방아다리'라는 작은 부둣가에 차를 세우는 순간, 눈앞에 펼쳐진 광경에 나도 모르게 어린애처럼 '와'하고 함성을 질렀다. 그곳에는 많은 갈매기들이 사람들과 어우러져 가까이 날고 있었다. 멋진 풍경화가 따로 없다. 비가 오는데도 아이들을 데리고 나온 가족들과 연인들이 많이 있었다. 그들은 갈매기들이 좋아하는 새우깡을 하늘로 높이 던지고 있었고 갈매기들은 서로 앞다투어 그것을 받아먹느라 법석이었다.

옆에 보이는 작은 매점으로 달려가 얼른 새우깡 한 봉지를 사 들고 왔다. 어린애처럼 하나씩 갈매기들을 향해 던지기 시작했다. 마치 나는 투수요, 그들은 포수 같았다. 그런 나의 모습을 옆에서 지켜보던 A도 함께 새우깡을 던지기 시작했다. 우리 머리 위로 많은 갈매기들이 더 모여들었다. 그들은 어설프게 던지는 나의 손놀림에도 불구하고 정확하게 새우깡을 물고 날아갔다. 어떤 놈들은 손에 쥐고 있는 새우깡을 물끄러미 보고 있다가 재빨리 채가기도 했다. 엄마 아빠와 함께 놀러 나온 아이들도 저마다 소리지르며 좋아했다. 모두가 어른, 아이 할 것 없이 만면에 함박웃음이 가득했다. 행복이 따로 없다. 모두가 잠시나마 동심으로 돌아간 듯하다. 그동안 산적해 있던 일상의 상념들이 모두 날아간 듯 가슴속이 시원해진다.

새우깡을 다 던지고 나자 그제야 배가 고프다는 생각이 들었다. 점심을 먹기에 때늦은 시간이었다. 다시 차를 몰고 근처 바닷가 칼국수집으로 갔다. 그곳 역시 우중인데도 사람들이 제법 있었다. 종업원이 창가로 자리를 안내했다. 창밖에는 멀리 물안개 피어오른 바닷물 위로 한가로이 날아다니는 갈매기들이 보이고 바닷가를 거니는 몇몇 사람들이 있었다. 그들은 비도 아랑곳하지 않고 갯벌에서 아이들과 함께 무언가 열심히 잡고 있거나 거닐고 있었다. 모두가 행복해 보였다.

잠시 후, 종업원이 먹음직스러운 바지락 칼국수를 가져왔다. 모처럼 먹는 칼국수가 오늘따라 유난히 맛있어 보인다. 오늘의 내 기분 탓일까. 칼국수를 열심히 먹다가 잠시 창밖을 내다보니 유리 창문 바로 옆에 웬 갈매기 한 마리가 나를 물끄러미 바라보고 서 있는 것이 아닌가! 비 오는 날 먹을 것을 찾다가 혹시 뭐라도 줄까 싶어 사람 옆에 온 듯하다. 국수 속의 조개 하나를 던져주니 얼른 받아먹고는 또 줄까 싶어 왔다 갔다 자리를 떠나지 못한다. 잠시 바닷가로 비행을 하려다가도 다른 놈이 가까이 오려고 하는가 싶으면 행여 명당자리라도 **빼앗길까** 싶어 얼른 되돌아오곤 하는 양이 웃음을 자아냈다. 인간들 또한 수많은 경쟁 속에서 살아가는 현대사회에서 한 치라도 남에게 자기 자리를 **빼앗기지** 않으려고 얼마나 안간힘을 썼던가!

바닷가에 노니는 아이들과 갈매기들을 뒤로하고 집으로 돌아오는 길에 다시 휴대폰 벨이 울린다. 대학원 동문인 J다. 비 오는 날 어디서 무엇을 하고 있느냐고 한다. 바닷가에서 갈매기들과 놀았다니 어린애처럼 무척 부러워하며 가족들이 모두 나가서 혼자 있으니 집으로 놀러 오면 어떠냐고 한다. 이어서 친정어머니와 몇몇 지인들의 전화가 계속되었다. 모두 나와 함께 저녁을 함께하고 싶다는 제의였다. 오늘따라 유난히 나를 찾는 전화가 많은 것 같다. 순간 나는 참 행복한 사람이라는 생각이 들었다. 나를 생각해 주는 그들이 새삼 고맙게 느껴졌다. 그런 나를 옆에서 지켜보던 A가 인기 많아 좋겠다며 익살을 부린다.

비가 오면 사람들의 감성이 높아지기 때문일까. 모처럼 비 오는 날의 외출이 상큼하게 느껴지는 하루, 누군가에게 항상 멋진 추억을 선사할 수 있는 향기로운 사람으로 살고 싶다.

소통의 차이

우리는 매일 다양한 사람들을 만나며 살아간다. 만나는 사람마다 서로 생김새도 다르고 살아온 생활습관도 달라서 생각하는 방식 또한 차이가 있기 마련이다. 그러나 대개는 나와 다른 사람들을 이해를 하려고 하기보다 비난거리를 찾기 일쑤이고, 심하면 이상한 사람으로 치부할 때도 있다. 스피드 시대, 핵가족화가 불러온 병폐가 아닌가 한다.

얼마 전 아침, 모 공영방송에서 가족 갈등에 관련된 사례가 연속 방영되었다. 한 지붕 아래 동고동락해야 하는 가족이지만 유리벽을 쌓아놓고 사는 사람처럼 '너는 너 나는 나'로 사는 듯했다. 밥도 따로 먹고 말 한마디조차 하지 않으며 그림자 가족처럼 지내는가 하면, 또 어떤 집은 한 명의 가족 구성원 때문에 온 가족이 애를 태우고 매일 전쟁을 치르는 집도 있었다. 어떤 가정은 부부간 문제로, 또 다른 가정은 부모 자식 간 문제로 단순히 잘 안 맞는다는 것이 아니라 아주 정신병적으로 심각한 가정들도 많았다.

그들의 내면을 들여다보면 오랫동안 소통하는 방식이 잘못되어 왔음을 알 수 있다. 자신들의 생각만 옳고 상대방을 전혀 배려하지 않는 데서 온 불만이 하루 이틀 쌓이다 보니 누적된 나쁜 감정으로 인해 관계가 단절된 것이다. 이러한 현상이 어디 이들뿐이랴.

다른 이들도 속을 드러내놓지 않아서이지 알고 보면 그들 역시 나름대로 소통하는 방식이 달라 서로 애를 태우는 경우가 허다하다. 나 역시 가장 가까운 가족이나 부모형제와 의견이 안 맞을 때가 많다. 내 나름대로는 그들에게 잘한다고 하나 받아들이는 상대 입장에서는 그렇게 여기지 않는 경우가 많다. 그것은 친구들이나 다른 모든 이들도 크게 다르지 않을 것이다. 그러나 때로는 서로 모든 것이 잘 맞는 상대들도 많다. 일명 코드가 잘 맞는 사람들이다. 즉 이들은 취향이 비슷해서 누가 말하지 않아도 소통이 잘 이루어진다. 도대체 이러한 원인이 어디에서 오는 것일까?

그것은 개인이 타고난 성격에 기인한다고 말할 수 있다. 즉 각 개인 고유의 성질이나 품성 때문인 것이다. 그 사람의 인품을 보면 지나온 삶과 앞으로의 방향까지도 예측할 수 있을 만큼 성격이 우리의 삶에 미치는 영향은 매우 크다. 예전에는 단순히 혈액형 하나만으로도 사람의 특성을 이해했건만 지금은 그 유형이 학자들에 따라 매우 다양해졌고 각 특성에 대한 해석 또한 나름대로 다 그럴듯해서 '귀에 걸면 귀걸이요, 코에 걸면 코걸이 식'으로 다 맞는 것 같다.

최근에는 나를 알아가는 자기 계발을 위해 DISC 성격. 행동 검사라는 것이 있다. 일반적으로 사람들은 태어나서부터 성장하여 현재에 이르기까지 자기 나름대로의 독특한 행동패턴을 보이게 되는데, 이러한 경향에 대해 미국의 한 심리학자는 사람의 행동패턴이 크게 네 가지로 분류된다고 했다. 즉, 주도형(D), 사교형(I), 안정형(S), 신중형(C) 등 DISC 행동유형이라고 한다. 총 24개의 문항의 행동 관련 글을 읽고 자신에게 가장 잘 맞는 것을 체크한 후 점수를 내면 가장 많은 행동유형이 자신을 나타내는 것으로 비교적 자신과 타인을 이해하는 데 중요한 키포인트가 되는 것이다.

주도형(Dominance)은 행동파들이 많아 도전적, 문제해결력이 우수하고 지도력을 발휘하는데 반해서 남의 간섭은 매우 싫어하고 융통성이 없는 경향이 있다고 한다.

두 번째로 사교형(Influence)은 그야말로 사교적이고 감성적이며 낙관적이어서 사람들을 즐겁게 하는 재주가 있으나 충동적이고 일의 마무리가 잘 안 될 때가 있다.

세 번째인 안정형(Steadiness)은 가장 많은 사람들이 해당되며 안정된 일을 좋아하고 화를 잘 안내며 남을 잘 보필하고 전문적인 직업이 어울리나 우유부단하고 갈등을 회피하는 경향이 있다고 한다.

마지막으로 신중형(Conscientiousness)은 매사에 분석적이고 꼼꼼하며 정확한 데이터 중심의 객관성을 좋아해 돌다리도 두들

겨보고 건너가는 스타일이라 때로는 일의 진행이 늦고 답답하게 느껴질 수 있어 융통성이 부족하고 비판에 민감한 경향이 있다고 한다.

대부분의 사람들이 꼭 한 가지 유형을 가진 것이 아니라 보통 두 가지 정도의 성향을 가진 경우가 많다. 나 역시 호기심에 곧바로 체크해보니 사교형(18개)이 제일 많고 다음으로 안정형(6개)이었다. 그러고 보니 평소 내 성격을 잘 나타낸 듯해 신기하게 느껴졌다. 내 주변의 친한 이들의 성향도 각자 체크해보니 그제야 그들이 나와 많이 다르다는 것을 이해할 수 있었다. 타고난 성향 때문에 소통하는 방식이 달랐던 것이다. 이것은 부모 자식뿐만 아니라 주변의 모든 사람들에게도 적용해 볼 수 있는 매우 유용한 프로그램이라는 생각이 들었다.

나와 다른 사람이 이 지구상에 존재한다는 것은 어쩌면 큰 즐거움이다. 왜냐하면 만일 나와 똑같은 사람만 있다면 이 세상은 재미가 없기 때문이다. 내가 잘하는 것을 남이 잘 못하고, 남이 잘하는 것을 내가 못함으로써 서로가 보완해 나갈 수 있기에 우리는 서로에게 꼭 필요한 존재인 것이다.

\# 딸의 웨딩

살아가면서 수많은 사람을 만나고 헤어진다. 그중에서도 가장 특별한 만남은 부부의 연을 맺는 일이 아닐까 한다. 전혀 모르는 남남으로 태어난 사람들이 '일심동체一心同體'를 이루어 평생을 같이하게 되니 이보다 더 특별한 만남도 없을 것이다.

얼마 전, 하나밖에 없는 딸이 결혼을 했다. 드디어 인생의 반쪽을 찾은 것이다. 마냥 어린아이 같던 딸에게 든든한 울타리가 되어 줄 사람이 생겼다니 기쁘기도 하고 한편으로는 무언가 허전한 마음도 들었다.

딸은 일 년 전 결혼을 하고 싶은 사람이 생겼다며 남자친구에 대해 조심스레 이야기를 꺼냈다. 친구 소개로 만나고 보니 같은 대학 동창으로 딸은 국문학과 유아교육을 전공했고 남자친구는 법학을 전공했다는 것이다. 그런데 알고 보니 둘은 같은 점이 많았다. 귀엽고 호감 가는 외모에 요즘 애들과는 달리 약간 작은 키까지 비슷했다. 게다가 둘은 생일도 비슷했다. 계절의 여왕이라 하는 오월생인데다 일주일밖에 차이가 나지 않았다. 더욱 나를 놀라게 한 것은 딸이 원래 태어나기로 한 예정일에 사위가 태어났고 딸은 예상외로 일주일 먼저 태어난 것이다. 그야말로 천생연분인 것만 같았다.

딸이 사위에 대해 처음 소개할 때 엄마가 제일 좋아하는 유형이라며 자랑했다. 성씨는 '윤씨'에 혈액형은 O형이라는 것이다. 평소 왠지 모르게 내가 만난 사람들 중에 윤 씨 성을 가진 사람들과 혈액형이 O형인 사람들이 성격이 좋아 그런 편견을 갖고 있었기 때문이다. 그러한 내 마음을 딸에게 자주 이야기했더니 우연히 만난 사위가 똑같은 조건을 갖고 있다는 것이 딸에게도 호감을 주었던 모양이다. 나 역시 타고난 성품이 좋을 듯해 일단 안심이 되었다.

그러던 어느 날 오후, 딸로부터 전화가 걸려왔다. 결혼 날짜를 언제로 할지 좋은 날을 정해 달라는 것이다. 언제쯤 하고 싶으냐고 물으니 일 년 후 봄에 하고 싶다고 했다. 아직 날짜가 많이 남았는데 벌써 정하느냐고 했더니 결혼식장이 없어서 미리 예약하지 않으면 원하는 곳에서 할 수 없다는 것이다. 내가 생각하기에는 주변에 흔한 것이 결혼식장인데 무슨 뚱딴지같은 소리인가 싶었다. 그런데 알고 보니 요즘 젊은이들이 하도 결혼을 안 해서 많은 예식장들이 문을 닫았다는 것이다. 그동안 남의 결혼식장에 여러 번 가보았지만 큰일을 직접 치르지 않다 보니 요즘 상황을 미처 몰랐던 것이다.

예로부터 우리 조상들은 결혼을 '인륜지대사人倫之大事'라고 일컬어 왔다. 사람들끼리 행할 수 있는 가장 큰 일이란 뜻으로 그만큼 중요한 행사이기 때문이다. 그래서 부부의 인연을 소중히 여겨 함부로 하지 않았다. 신랑 신부의 사주팔자로 궁합을 보고 짝을 정하였으며, 결혼하는 날짜 또한 매우 신중하게 택했던 것이다.

그래서일까! 두 사람에게 모두 좋은 날을 고르려니 보통 조심스럽지가 않았다. 어쩌면 딸아이의 인생이 걸린 일이라 여기니 더욱 신중해야 했다. 일단 평소 내가 관심을 두고 있는 역학을 토대로 '길일'이라고 하는 날 중에서 따뜻한 봄날인 4월 중순 토요일 오후 늦은 시간으로 정했다.

그때부터 결혼에 대한 모든 일정은 딸이 사위와 함께 하나씩 척척 알아서 준비해 나갔다. 아마도 어릴 때부터 외동이라 강하게 키운다고 스스로 일처리하는 법을 가르쳤던 것이 효과를 본 듯하다.

결혼을 며칠 앞두고 딸은 직장을 다니며 이리저리 결혼 준비하느라 힘들었는지 "엄마! 결혼은 두 번하라면 정말 못 하겠어요. 여러 가지 준비하느라 은근히 스트레스 받아요."라며 푸념을 했다. 부모의 큰 도움 없이 일처리 하는 것이 대견스럽기도 했지만 한편으로는 바쁘다고 잘 챙겨주지 못해 안쓰럽고 미안하기도 했다.

드디어 결혼식날, 하얀 웨딩드레스를 입은 딸과 사위의 모습은 잘 어울리는 한 쌍의 백조 같았다. 결혼 성혼서를 당사자들이 낭독하고 엄마인 내가 축사를 편지글로 낭송했다. 친정 부모님에게 인사하라는 사회자의 말에 딸은 갑자기 나를 보자 눈물을 흘렸다. 나 역시 울컥했지만 내색하지 않고 딸아이의 눈가를 닦아주며 두 어깨를 안아주었다. 하지만 자리에 앉자 기어이 눈시울을 적시고 말았다. 순간 예전 내가 결혼할 때 친정어머니가 눈가를 손수건으로 닦던 생각이 났다. 요즘 세상에 누가 결혼식장에서 울까 싶었는데 삼대가 대물림을 한 셈이다.

결혼식을 끝내고 집으로 돌아오니 딸아이가 애지중지 키우던 몰티즈 미니견 두 마리가 쪼르륵 달려와 반긴다. 주인 잃은 어린 양 같아 공연히 측은지심이 들었다. 딸의 텅 빈 방을 들여다보니 새끼쳐 나간 새둥지처럼 썰렁하고 허전했다. 그동안 외동딸을 키우며 웃고 울고 하던 많은 일들이 주마등처럼 지나갔다.

거울을 보니 어느새 중년이 된 나의 모습이 보였다. 연시 볼의 어린 신부는 어디로 갔는지 세월의 무상함이 느껴졌다.

행복 나누기

사람은 누구나 행복하기를 바란다. 그러나 행복의 기준이 누구나 같은 것은 아니다. 행복의 조건은 사람에 따라 다를 것이기 때문이다. 누군가에게는 돈, 다른 어떤 사람에게는 사랑하는 가족이나 애인, 건강, 멋진 집이나 자동차, 자신이 원하는 일이 있어야 행복하다고 느낀다. 자신의 욕구가 얼마만큼 채워지는가가 행복의 척도가 된다.

매슬로라는 심리학자는 인간의 욕구가 다섯 단계로 이루어진다고 말했다. 처음에는 '생리적 욕구 단계'로 배가 고프면 먹어야 하고, 잠이 오면 자야 하며 배설하고 싶으면 배출해야 하는 등 기본적인 욕구가 우선이 된다는 것이다.

우리 옛 속담에 "금강산도 식후경"이라는 말이 있듯이 아무리 좋은 구경도 내 배가 고프면 즐겁지 않다는 것도 이러한 이치 때문이리라. 사람은 이 첫 번째 욕구가 채워져야 두 번째 '안전에 대한 욕구'를 가질 수 있다. 즉 인간은 더위나 추위, 각종 주변의 위험으로부터 자신이 안전하기를 바라고 이러한 것이 해결되었을 때 다음의 원하는 것을 생각할 수 있는 것이다. 전쟁이나 지진, 쓰나미가 오는 상황에서 안전보다 중요한 것이 무엇이겠는가.

세 번째는 '사랑과 소속감의 욕구'로 인간은 누구나 사랑받고 싶어 하고 어딘가에 소속되어 있을 때 행복함을 느낀다. 인간은 원래 사회적 동물이라 혼자보다는 함께 있는 것을 좋아하고 누군가에게 인정받지 못할 때 외로움과 소외감을 느끼게 된다.

그래서일까! 인간은 친구나 동호회 만들기를 좋아하고 때가 되면 결혼하여 가정이라는 울타리 속에 사랑의 씨앗을 뿌린다. 그곳에서 온전한 사랑의 꽃이 피어날 때 비로소 우리 사회에도 행복이 찾아오지만 그렇지 못하면 제대로 피어나지 못한 꽃들이 가정과 사회 곳곳에서 반란을 일으킨다.

네 번째는 이 세 번째 욕구가 채워졌을 때 가질 수 있는 것으로 '존중의 욕구 단계'가 있다. 사람은 누군가로부터 존중받고 싶어 한다는 것이다. 그러나 이 존중은 저절로 생기는 것은 분명 아니다. 스스로가 존중받을 행동을 했을 때라야 얻을 수 있는 것이기 때문이다.

마지막으로는 '자아실현의 욕구'로 사람들은 자신의 꿈을 이루기를 원한다. 학생은 좋은 대학에 들어가기를 꿈꾸고 직장인은 근로조건이 좋은 대기업이나 공기업에 취업하기를 원한다. 사업가는 돈을 많이 벌기를 원하고 정치가는 높은 공직에 입문하기를 원한다. 인간의 욕심은 끝이 없다는 말이 정말 맞는 것 같다.

그렇다면 진정한 행복이란 과연 무엇일까?

몇 해 전, 한 언론사와 여론기관에서 행복을 조사한 결과를 보면 한국인 10명 중 9명은 '소득이 행복과 관계가 있다.'고 보았다. 반면에 덴마크인과 인도네시아인 절반 정도는 '행복과 돈은 무관하다.'고 답했다.

부자에 대해 어떻게 생각하느냐고 물으면 '부모 덕 또는 부정부패로 돈을 모았을 거라고 했으며, 사회에 공헌하느냐는 질문에 '그렇지 않다'는 반응을 했다. 한국인은 재물을 좋아하면서도 부자에 대해서는 부정적인 이미지를 가지고 있었다.

최근 발표한 2021년 세계행복보고서에 의하면 한국은 2020년 행복지수가 5.793점으로 산출돼 50위를 기록했다. 2017~2019년 3년간 집계한 한국의 행복지수 순위는 95개국 중 49위(5.8점)였다. 이는 2013년 세계행복보고서에서 우리나라 국민의 행복지수가 조사대상 156개국 중 41위였던 것에 비해 현저히 떨어졌음을 알 수 있다

가장 행복한 나라로 꼽힌 곳은 7.8점인 핀란드고 가장 불행한 나라로 꼽힌 곳은 2.5점의 아프가니스탄이었다. 이것은 코로나19 사태나 전쟁으로 인한 개인의 안전 및 경제적 어려움이 영향을 크게 끼쳤으리라 여겨진다.

요즘처럼 글로벌 경기 침체가 계속되는 현실에서는 경제력이 행복을 줄지도 모른다. 하지만 세상에는 꼭 돈으로 해결할 수 없는 많은 것들이 있다.

모든 행복을 돈으로 다 살 수 있다면 부자들은 모두 행복해야 할 것이다. 그러나 그들 역시 나름의 고민과 스트레스가 있게 마련이다. 가끔 언론에서 한때 최고의 인기와 부를 누렸던 연예인이나 기업인들이 자살하는 것을 종종 볼 수가 있다. 그들은 돈이 없어서가 아니라 마음이 가난해졌기 때문인지도 모른다. 아무리 부자라도 건강과 수명, 사람의 마음까지 돈으로 살 수는 없다.

우리 주변에는 비록 가진 것은 적지만 자신이 현재 가지고 있는 것에 감사할 줄 아는 사람들이 있다. 사랑하는 가족이 함께 있음에 감사하고 신체적, 정신적으로 건강한 삶을 주심에 감사하며 나아가 주변의 다른 이들을 도울 수 있는 삶을 감사하는 이들이 있다.

진정한 행복이란 남보다 더 많이 갖는 것이 아니라 주변인들에게 내가 가진 것들을 나눌 수 있을 때 오는 마음의 풍요이다. 나눔이 곧 삶의 보람이요, 행복이다. 누군가에게 나눌 수 있다는 것은 그의 마음에 사랑의 샘이 있다는 증거다.

모든 사람이 사랑의 눈으로 세상을 바라본다면 분명 모두가 행복해지리라.

나 역시 나의 멋진 미래를 꿈꾸며 오늘은 또 누구와 어떻게 행복을 나눌까 생각해본다.

있을 때 잘해

몇 해 전 어느 날, 라틴댄스 동호회에 갔다가 아는 사람의 애완견이 곧 새끼를 낳을 거라는 말을 들었다. 그날 저녁 평소 동물을 좋아하는 딸에게 무심코 강아지 이야기를 꺼낸 것이 잘못이었다. 딸은 당장 한 마리만 얻어오던가 애견센터에서 사서 키우게 해달라고 졸랐다. 당시 딸은 대학을 졸업하고 첫 사회생활을 하던 차라 분주한 직장 일로 많은 스트레스를 받던 중이었다. 애완견만 있으면 스트레스도 해소되고 예전보다는 더 잘키울 수 있다며 간절히 애원했다. 나 역시 강아지를 좋아하는 터라 엉겁결에 허락하고 말았다. 딸은 내 마음이 혹시라도 변할까 싶어 다음 날 곧 강남 어느 애견센터에서 제 용돈을 모두 털어 어린 새끼 한 마리를 사 왔다. 겨우 엄마 젖을 뗀 생후 두 달도 안 된 요크셔테리어 암컷이었다.

까맣고 작은 새끼가 그저 귀엽기만 했다. 신기한 것은 그 작은 강아지가 배변판에 혼자서 볼일을 본다는 것이다. 그동안 바쁘다고 서로 대화도 못 하고 직장 일로 힘들어 지쳐있던 딸의 얼굴에 웃음꽃이 피기 시작했다. 우선 강아지 이름을 짓기 위해 인터넷을 검색하다가 작으니까 '미니'라고 부르기로 했다. 강아지 한 마리 때문에 딸과 이야깃거리가 생기기 시작했다. 그런데 문제가 하나 있었다. 나와 딸은 낮에 일 때문에 모두 집을 비워야 하는데 어린 강아지를 온종일 혼자 두고 나가면 먹이를 줄 사람이 없었다. 딸이 아침 일찍 출근하고 나자 미니 때문에 발길이 떨어지지 않았다. 잠시 고민을 하다가 미니와 강아지 용품들을 챙겨 들고 과천에 있는 친정 부모님 댁으로 갔다. 평소몸이 불편하여 집에만 계시는 친정어머니는 강아지를 보자 무척 좋아했다. 원래 동물을 좋아하시는 터라 홀로 심심하지도 않고 잘되었다 싶었다. 그 날부터 직장에 가는 길에 미니를 친정집에 맡기느라 출퇴근을 함께했다.

그러나 점심때 먹이를 주는 것은 해결되었지만 또 다른 문제가 생겼다. 그것은 어린 강아지가 새로운 장소에 익숙해지기도 전에 다른 장소를 오갔더니 배변 습관이 헷갈려 여기저기 집안 곳곳에 실수를 하기 시작한 것이다. 그 날부터 우리는 미니와의 작은 전쟁이 시작되었다. 휴지와 세제는 우리 가족이 쓰는 것보다 미니 혼자 쓰는 것이 더 많았고 집안에는 특유의 냄새로 늘 문을 열어놓아야만 했다.

처음 딸에게 강아지를 키우도록 허락하는 조건에 배변 훈련을 잘 시키는 조항이 있었다. 예전에도 배변 훈련이 안 되어 결국 다른 집에 분양했는데 이번 역시 배변 훈련은 실패작인 듯하다. 할 수 없이 딸에게 '미니를 좀더 잘 키울 수 있는 사람에게 분양하면 어떨까?' 하고 제의를 했다. 딸은 펄쩍 뛰며 조금만 더 기회를 달라고 애원했고 사랑받던 미니는 점점 눈치꾸러기가 되어가고 있었다.

여름이 끝나갈 무렵, 커다란 태풍이 몰려오고 있었다. 뉴스에서는 태풍 대비에 대한 일기예보가 계속 나오고, 창밖에는 점점 세찬 바람이 불어오기 시작했다. 마침 이사를 앞두고 있던 터라 이삿짐센터에서 견적을 내기 위해 한 여자분이 방문했다.

그녀가 일을 끝내고 나간 뒤 초인종이 울렸다. 가방을 두고 갔다며 다시 돌아온 것이다. 내가 가방을 찾는 동안 그녀는 문간에 잠시 서 있었다. 그녀가 돌아가자 딸과 함께 재활용품을 분리배출하기 위해 급히 현관문을 나서는데 무언가 허전하다는 생각이 들었다. 조금 전까지 있던 미니가 보이지 않는 것이다. 이름을 크게 불러도 아무 소리가 나지 않았다. 딸과 함께 다시 집안에 들어와 찾아보았지만 어디로 갔는지 알 수가 없었다. 그제야 조금 전 이삿짐센터 사람이 문을 열고 서 있는 동안 집을 나갔을 거라는 생각이 들었다. 순간 깜짝 놀라 미니를 큰 소리로 부르기 시작했다. 딸은 혹시 계단으로 내려갔을지 모른다며 13층 우리 집에서 1층까지 내려가고 나는 엘리베이터를 타고 지하 주차장을 돌아보았다. 잠깐 사이에 어디로 간 것인지 도무지 알 수가 없었다.

내가 다른 집에 분양한다는 말을 알아차린 것일까. 하필이면 태풍 부는 날 사라지다니 갑자기 불안감이 들기 시작했다. 밖에는 바람과 함께 빗방울도 떨어지기 시작했다. 아파트 주변과 근처 공원까지 찾아다녔지만 헛수고였다. 비를 맞는 것조차 아랑곳하지 않았다. 관리실에 안내방송을 부탁했지만, 강아지 한 마리 때문에 방송은 할 수 없다는 말이 야속하기만 했다. 아무리 말 못하는 동물이라지만 그들도 소중한 한가족이요, 귀한 생명이었다. 할 수 없이 집으로 돌아오자 딸은 미니가 아침도 못 먹고 나갔다며 큰 소리로 울기 시작했다.

"미니야! 내가 잘못했어. 어떻게 해."

아무런 할 말이 없었다. 잠시 생각하다가 울고 있는 딸에게 '강아지를 찾습니다'라는 전단지를 만들어 엘리베이터 안과 출입구에 붙이자고 했다. 우리는 급히 컴퓨터 파일에서 미니 사진을 찾아내어 전단지를 만들어 아파트 곳곳에 붙이기 시작했다. 관리실에 들러 혹시 아파트에 설치된 CCTV를 볼 수 있느냐고 물으니 마침 아파트 계단과 주변을 볼 수 있다며 경비실로 우리를 데리고 갔다.

'가는 날이 장날'이라더니 녹화된 비디오가 하필이면 우리 집 1층 계단만 고장이 나서 볼 수가 없었다. 점점 더 불안감이 엄습해왔다. 세상 물정 모르는 그 어린 것이 '얼마나 두려움에 떨고 있을까.' 생각하니 가슴이 아팠다. 내 마음이 이럴진대 자식을 잃은 부모 마음은 얼마나 더하랴. 이럴 줄 알았으면 '좀더 잘해 줄걸' 하는 생각이 들었다. 그러나 다행인 것은 CCTV를 보니 아파트단지는 아직 빠져나가지 못한 것 같았다. 초조해하는 딸을 보며 마음속으로 미니에게 아무 일도 없기를 간절히 빌었다.

그때 경비실에서 연락이 왔다. 누군가 미니를 안고 관리실로 데려왔다는 것이다.

딸은 반가움에 얼른 달려가 미니를 안고 왔다. 어디에 있었는지를 묻자 우리 집 라인 18층 옥상 문 앞에서 벌벌 떨고 있는 것을 그 아래층에 사는 남자분이 발견해 데려왔다는 것이다. 너무 고마웠다.

"미니야! 미안해~." 딸과 나는 다시 찾은 미니를 꼭 안아주었다. 마치 이산가족이라도 상봉한 듯 그저 아무 일 없이 돌아와 준 미니가 너무 고맙고 사랑스러웠다.

'있을 때 잘해.'라는 말이 생각났다.

\# 대추 따던 날

추석을 며칠 앞두고 문득 친정아버지가 과천 집 뜰안에 심어 놓은 대추나무가 생각났다. 몇 년 전부터 가을이 되면 내가 직접 아버지 대신 대추를 따곤 했는데 작년에는 바빠서 깜빡 잊었다. 올해는 잊지 않고 벼르다가 멀리 사는 남동생과 조카를 불렀다. 평일에는 서로 바쁜 관계로 일요일 아침에 대추나무가 있는 과천 집에서 만나기로 했다.

올해는 탐스러운 대추가 얼마나 많이 열렸을까 생각하니 마음부터 설레었다. 토요일 저녁, 동생으로부터 전화가 왔다. 바닥에 깔아놓을 비닐과 자루를 여유 있게 준비해 오라는 것이다. 순간 예전에 선물로 받은 다목적용 큰 깔개가 생각났다. 그것은 천막 비닐처럼 튼튼하고 사방이 상자처럼 되어 있어서 나무를 흔들면 떨어지는 대추를 담기에 좋을 듯했다. 그동안 사용할 일이 없어 잊고 있다가 갑자기 찾으려 하니 집안 그 어디에도 없었다. 곰곰이 생각해보니 선물 받은 두 개 중 한 개는 친정 언니에게 주고 또 한 개는 사촌 올케언니에게 준 것이 생각났다. 언니가 마침 과천에 살고 있어서 다시 빌려오면 될 것 같아 전화를 걸었다. 그러나 언니의 대답은 의외였다. 당장 필요할 것 같지 않아 남을 주었다는 것이다. 할 수 없이 나름대로 이것저것 비닐깔개와 빈 가방을 여러 개 준비했다.

다음날 아침, 날씨는 대추 따기에 좋은 푸른 가을 하늘 그 자체였다. 모처럼 바쁜 일상에서 벗어나 맛볼 수확의 기쁨을 상상하며 버스를 타고 대추나무집으로 향했다. 때맞춰 남동생과 조카도 왔다.

기대에 부풀어 대추나무를 쳐다보는 순간 우리는 모두 깜짝 놀랐다. 탐스럽게 달려있어야 할 대추가 하나도 보이지 않는 것이다. 다른 또 하나의 나무도 마찬가지였다. 어찌된 일인지 영문을 알 수 없었다. 게으름피우다 대추 따기를 놓치는 바람에 누군가 주인이 없는 줄 알고 모두 따간 것 아닐까 하는 생각이 들었다. 내 손에 있는 빈 자루가 무색해졌다.

동생이 나무를 자세히 살펴보더니 그런 것이 아니라는 것이다. 해마다 아버지가 비료를 주셨는데, 연로하시고 허리가 아프셔서 작년부터 제대로 살피지 못했기 때문이라는 것이다. 특히 올해는 코로나 사태로 집밖에도 잘 안 나오시다 보니 거름을 주지 않아 나무가 영양 부족으로 이 모양이 됐을 것이란다. 그러고 보니 올해는 대추나무 가지가 힘이 없고 더욱 부실해 보이기도 했다. 그 옆에 있는 커다란 감나무도 형편이 비슷했다. 열매도 작고 몇 개 없었다. 예전에는 누가 보아도 대추나무랑 감나무가 튼실하고 나뭇잎 많고 열매도 탐스러웠는데 마음이 늙고 지친 듯한 나무를 보니 짠하게 느껴졌다.

나무도 정성으로 가꾸고 비료를 주어야 잘 클 수 있다는 사실을 잠시 망각하고 있었다. 아무런 일도 안 하고 심어만 놓으면 해마다 우리에게 열매를 주는 것으로 착각을 한 것이다. 순간 나무에게 미안한 생각이 들었다. 작은 노력도 안 하고 열매를 따서 먹을 생각만 한 나 자신이 부끄러웠다.

대추나무는 이십여 년 전, 아버지가 분가한 자식들과 함께 살고자 4층 집을 손수 지으면서 액운을 쫓는다고 심은 것이다. 아버지는 평소 무척 부지런한 분이라 동식물을 자식 못지않게 사랑하고 잘 돌보셨다.

그러나 어머니의 몸이 불편해 계단을 잘 오르내리지 못하자 언니가 아파트로 부모님을 모시게 되면서 대추나무집을 떠나게 되었다. 그래도 아버지는 자주 오가며 나무들을 살피고 열매도 매년 손수 따서 우리에게 나누어 주곤 했다.

몇 년 전 추석을 앞두고 아버지로부터 전화가 왔다. 대추가 많이 익었는데 허리가 아파서 딸 수가 없으니 와서 따가라는 것이다. 다른 형제들도 바쁘다고 하여 할 수 없이 가까운 지인과 함께 대추를 따러 갔다. 그때 어머니도 구경하고 싶다고 하여 모처럼 나들이 겸 휠체어에 모시고 갔다. 평소 바깥출입이 어려운 어머니는 대추 따는 것을 지켜보면서 마치 어린애처럼 환하게 웃으셨다.

그 후 매년 대추 따기를 잘 챙겨왔건만 작년과 올해는 바쁘

다는 핑계로 미처 생각지 못했던 것이다. 옆에 서 있던 남동생
도 미안했던지 내년부터는 본인이 비료도 주고 아버지 대신 잘
살펴야겠다고 했다. 서산에 있는 선산 주변에 아버지가 심으신
많은 매실나무도 잘 챙겨야겠다며 조카인 자신의 아들과도 함
께할 것을 약속했다.

대추나무집을 돌아서려는 동생에게 나무 끝에 몇 개 달려 있
는 대추라도 따가자고 했다. 빈손으로 아버지를 뵈러 가려니
무언가 허전했기 때문이다. 우리는 나무를 살짝 흔들었다. 예
전 같으면 떨어지는 대추를 줍기에도 손이 바빴는데 어쩌다 떨
어지는 열매조차 못생기고 크기도 작았다.

대추나무와 감나무도 연로하신 아버지 모습 같아 안쓰럽게
느껴졌다. 떨어진 대추들을 모아보니 작은 한 접시 정도는 될
듯했다. 큰 가방들이 무색했지만, 소중히 작은 비닐봉지에 담아
부모님 댁으로 갔다.

아버지는 우리가 빈 가방만 들고 집안에 들어서자 의아한 표
정으로 바라보셨다. 거름을 주지 않아 열매가 열리지 않았다고
하니 당연지사라는 듯 고개를 힘없이 끄덕이신다. 가방에서 작
은 비닐봉지를 내밀자 아버지는 손으로 살며시 만져보신 후 냉
장고에 넣으라 한다. 추석 차례상에 작은 한 접시는 조상님께
올릴 수 있을 것 같아 다행이란 생각이 들었다.

어느새 구순을 바라보고 있는 아버지를 보니 오늘 내가 딴 대추처럼 왠지 모르게 마음이 아려왔다. 젊은 날, 우리 사 남매를 키우느라 에너지를 다 쏟으신 부모님! 그 영양분으로 오늘의 내가 있으리라.

내년에는 아버지 대신 나무를 잘 가꾸어 풍성한 결실을 기대해 본다.

전생과 미래

우리는 우주의 수많은 별들 중에 지구라는 작은 별에 살고 있다. 그 속에서 매일 지구촌의 다양한 사람을 만나고 헤어진다. 우연한 만남도 있고 숙명적인 만남도 있다. 이런 걸 불교에서는 인연이라고 한다.

얼마 전 우연히 TV를 통해 〈시간 이탈자〉라는 한국영화를 보게 되었다. 영화 제목이 무엇보다 흥미로웠다. 사랑하는 남녀가 과거, 현재, 미래를 통해 계속 숙명적인 만남을 하게 되는 내용이었다. 그들은 시대만 다를 뿐 여자는 늘 같은 모습이었고 남자는 다른 모습이었지만 같은 장소에서 일어나는 이야기였다. 사랑하는 여자가 결혼을 앞두고 괴한에게 피살되었지만, 다음 생生에도 우연히 계속해서 만나게 되고 또 둘은 사랑에 빠진다. 영화 속 남자 주인공은 매일 꿈을 통해 자신의 전생과 미래의 모습을 보고 혼란스러워한다. 그들이 언젠가 와본 것같이 느끼는 그 장소는 전생에도 와 본 적이 있는 같은 장소였다. 나 역시 그들처럼 가끔 생소한 장소에 갔을 때 언젠가 와 본 것 같은 느낌을 받은 적이 있다. 그뿐만 아니라 처음 만나는 사람인데도 언젠가 만난 적이 있는 것처럼 친근하게 느껴지는 사람도 종종 있다. 문득 그 모든 것이 '전생과 관계가 있는 것이 아닐까?' 하는 생각도 해본다.

옛 어른들은 사람이 죽으면 흔히 망각주를 먹고 어둠의 강을 건너간다고 했다. 그것은 현생에서의 모든 것을 잊고 편안히 왔던 곳으로 돌아가라는 뜻일 것이다. 그래야 다음 생을 새롭게 맞이할 수 있다는 의미이기도 하리라.

인간이 자신의 전생과 미래를 안다는 것은 경이로울 수 있지만 때로는 두려운 일이다. 좋은 과거와 미래는 알면 좋지만 안 좋은 것이라면 차라리 모르는 것이 나을 수도 있다. 과거는 역사 속에서 어느 정도 알 수 있다지만 미래는 미지의 세계라 어떤 일이 일어날지 아무도 예측할 수 없다.

그러나 우리 주변에는 가끔 예지력을 가진 초능력의 사람들이 종종 있다. 가장 대표적인 예지자는 16세기 노스트라다무스(1503~1566)다. 그는 프랑스의 의사이자 천문학자로 수많은 미래에 대한 재앙을 예고했다. 그의 예측은 너무 잘 맞아서 두려울 정도다. 그는 총 12권, 975편의 사행시를 통해 앞으로 일어날 세계의 수많은 사건 사고를 기록했다.

그의 예언 중 유명한 사건으로는 당시 앙리 4세의 죽음과 프랑스혁명, 나폴레옹과 히틀러의 등장, 세계대전, 인간의 달 착륙, 9·11테러, 원자폭탄, 케네디 암살, 각종 전염병의 등장, 미군의 뇌에 칩 이식, 좀비 등장으로 인구소멸 등이 있다. 듣기만 해도 끔찍한 지구촌의 다양한 재앙을 열거하고 있다.

그의 예언은 서기 3797년까지 기록되어 있어 아직도 진행

중이라고 한다. 그는 1566년 본인이 사망할 것이라는 것도 예언했고 학자들은 그의 사행시를 해독하는 데 관심을 모으고 있다. 그의 예언은 신의 계시로 미래의 환상을 보고 기록한 것이라 한다.

희망찬 미래는 우리에게 꿈을 주지만 노스트라다무스의 예언처럼 그 반대일 경우는 차라리 모르는 것이 낫겠다. 우리 속담에 "아는 것이 병이다."라는 말이 떠오른다. 나쁜 일에 대한 생각은 결과를 나쁜 쪽으로 끌어당기기 때문이다. 노스트라다무스의 예언은 앞으로 다시는 맞지 않았으면 좋겠다. 그러나 한편으로는 그 예언을 잘 활용하면 미리 대처해서 우리의 운명을 바꿀 수 있지 않을까 하는 생각도 든다.

비가 오는 날 일기예보를 듣고 나간 사람과 일기예보를 듣지 않고 나간 사람은 그 결과가 다르다. 어차피 비가 내리게 되어 있다면 우산을 미리 준비하고 비옷을 입고 나감으로써 비를 덜 맞게 되기 때문이다. 이것은 숙명을 그대로 받아들임과 동시에 적은 노력으로 미래의 운명을 바꿀 수 있다는 것을 의미한다.

과거는 이미 지나갔지만, 오늘 내가 무엇을 하느냐에 따라 나의 미래가 달라질 수 있다. 내일의 나를 위해 오늘 나는 무엇을 준비해야 할까!

\# 짝

바쁜 일상이나 경제적인 이유로 혼자 사는 사람이 점점 늘어
나고 있다. 특히 젊은이들은 경제적 형편이나 자아실현 욕구로
인해 결혼적령기를 놓치는 일이 다반사요, '노총각,' '노처녀'라
는 말은 어느새 옛말이 되어버렸다. 심지어 혼밥(혼자 밥 먹기),
혼술(혼자 술 먹기), 혼영(혼자 영화 보기)이라는 신조어까지 생겼으
며, 식당이나 레스토랑도 '혼메뉴'를 만들어 혼자 오는 손님들
을 배려하는 영업 전략을 펴기도 한다.

얼마 전에는 한 공영 TV에서 '비혼식'을 하는 모습을 방영한
적이 있다. 주인공은 40대 초반의 여성이었는데 실제 결혼식
하는 사람처럼 웨딩드레스를 입고 가까운 지인들을 초대하여
'독립선언문'을 낭독하는 것이었다. '나 혼자 산다'는 프로는 보
았지만 실제 비혼식을 하는 경우는 처음이다. 우리의 기존 사고
방식의 틀을 깬 모습에 초대받은 사람들이나 제작진도 조금은
의아하면서도 신선한 충격을 받았다.

남들이 하지 않는 생각을 행동으로 옮기는 것은 그리 쉬운
일이 아니다. 나 역시 그녀의 용기가 대단하다고 여겨졌으나
한편으로는 씁쓸한 기분이 들었다. 비혼식을 선언하기에는 그
녀의 나이가 아직은 너무 젊었기 때문이다. 100세 시대를 살아
가는 요즈음, 계절로 치면 수목이 왕성한 여름에 해당되는 시기
이다. 앞으로 살아가면서 더 좋은 짝을 만날 수 있는 기회가

많을 텐데 너무 성급한 표현을 한 것은 아닐까! 만일 나의 하나밖에 없는 딸이 '비혼식'을 한다고 하면 어떨지 생각해보니 별로 찬성하고 싶지 않다.

종교에서도 창조주가 아름다운 에덴동산을 만들어놓고 '아담'이라는 인간을 창조했지만 그가 외로울까 봐 '하와'라는 짝을 만들어 주었다. 지금까지 작은 미물에서부터 꽃과 나무, 동물이나 사람 등 세상 만물 모든 것들은 짝을 이루고 살아왔다. 그것은 무엇보다도 종족보존의 의미가 크겠지만 혼자보다는 누군가 옆에 있다는 것이 늘 위안이 될 수 있기 때문이다. 그 대상이 내가 사랑하는 사람이라면 특히 더할 것이다.

때로는 혼자라서 편리한 점도 있겠지만 함께하기에 좋은 것들이 우리 주변에는 더욱 많다. "백지장도 맞들면 낫다."라고 하지 않았는가! 그만큼 혼자보다는 둘이 함께하면 훨씬 쉽고 시너지효과를 낼 수 있을 것이다..

언젠가 모 대학에서 〈인간관계론〉이라는 과목을 가르친 적이 있다. 여러 교과목을 가르쳐 보았지만 가장 재미있는 과목 중 하나였다. 사람 냄새가 나는, 세상 살아가는 방법에 관한 모든 것을 담고 있는 과목이기 때문이다. 우리의 삶 속에서 이루어지는 모든 인간관계를 다루는 것으로 함께 배우는 학생들도 매우 재미있어했다.

그 내용 중 학생들이 제일 관심 있었던 분야는 이성 교제와 배우자 선택에 관한 것이었다. 그들에게 남녀의 심리 특성에 대해 이야기하면서 좋아하는 사람이 있으면 솔직하게 마음을 표현하라고 당부했다. 평생 후회할 수도 있으니 잡고 싶은 사람은 보내지 말고 손을 내밀라고 말이다. 겉으로 보이는 말과 행동만 보고 작은 오해가 쌓여 영원한 이별이 될 수도 있기 때문이다. 내가 바로 그 주인공이었다. 마음에 없는 장난스러운 말 한마디에 어제까지 좋았던 사이가 한순간에 바람처럼 사라져 버리고 지금까지 만나지 못한 남자친구가 있다. 그저 인연이 없어서라고 위안을 했지만 실은 솔직하지 못한 나의 마음 때문이었다.

학기가 끝날 무렵, 시험 감독을 할 때의 일이다. 한 학생의 시험지가 눈길을 끌었다. 답안지를 주관식으로 빼곡히 써 내려간 맨 끝에 "교수님! 감사합니다. 교수님 덕분에 헤어졌던 남자친구에게 용기를 내 연락을 해서 다시 사귀게 되었어요. 어쩌면 결혼도 할 것 같아요."라고 쓰여 있었다. 순간 참으로 뿌듯했다. 내가 못했던 것을 그녀가 용기 내어 다시 잃어버린 짝을 찾았다는 것에 고마웠다.

'결혼은 해도 후회요, 안 해도 후회'라는 말이 있다. 개인적으로는 어차피 이래도 후회, 저래도 후회라면 안 하는 것보다는 한번 해보고 후회하는 것이 낫다고 생각한다. 어떤 일에 대해 경험을 한 사람과 안 한 사람의 차이는 크다. 주변 이야기만 듣고 미리 결혼을 포기할 필요는 없다고 생각한다. 그렇다고 마음의 준비도 안 된 상태에서 주변의 시선 때문에 억지로 결혼하는 것은 더욱 아니다.

세상에는 어딘가 서로 어울리는 짝이 숨어 있다고 여겨진다. 그것이 남들 눈에는 보이지가 않을 뿐, 아직 인연이 안 닿았기 때문이리라. 어딘가에 있을 그들의 반쪽을 위해 오늘도 큐피드의 화살은 날아가고 있다.

내년의 힘

겨울 한파가 유난히 극성을 부리던 어느 날, 내가 운영하는 어린이집으로 한 통의 낯선 전화가 걸려왔다. 새로운 영어학습기에 대한 텔레마케터 아가씨의 상냥한 안내멘트였다. 평소 영어에 대한 관심이 남다른지라 한번 가져와 보라고 했다.

그 날 오후, 한 깔끔한 외모의 남자 외판원이 물건을 들고 곧바로 어린이집을 찾아왔다. 그가 문을 열고 들어오는 순간 어디선가 본 듯한 얼굴이었다. 그러고 보니 지난해 언젠가 똑같은 물건을 들고 방문한 적이 있던 사람이었다. 그도 우연히 텔레마케터가 전해 주는 대로 와보니 같은 장소라는 것을 알고 약간 겸연쩍어 하는 눈빛이었다. 추운 날씨에 찾아온 손님이어서 일단 따뜻한 차 한 잔을 권했다. 영어학습기에 대해서는 예전에 이미 한 번 들어본 적이 있는 터라 대충은 알고 있었지만 다시 한 번 설명을 듣기로 하였다. 물건은 마음에 들었지만 역시 가격이 너무 비싼 것이 여전히 마음에 걸렸다.

그러나 외판원에 대한 나의 약한 마음이 또 움직이기 시작했다. 추운 날씨에 한 번도 아니고 두 번씩이나 먼 곳까지 찾아온 사람이 안쓰러웠다. 영어학습기는 유아부터 초, 중, 고, 성인까지 할 수 있는 다양한 내용이 수록된 것이었다. 처음에는 조금 망설였지만 일단 물건은 마음에 드니 아이들과 나의 어학공부를 위해 사기로 했다. 당장 기계를 대형 TV에 설치하고 사용법

110

을 배웠다.

아이들이 모두 돌아가고 난 저녁, 어학기를 테스트하기 위해 여기저기 목록을 살펴보았다. 어학기의 내용은 영어의 기초에서부터 고급과정, 중국어, 일본어, 한자 사자성어 등 다양했다. 그중 의외의 목록이 눈에 띄었다. 의지력 강화 및 명상 프로그램이었다. 호기심에 '의지력 강화'를 눌러보니 좋은 영상과 함께 명상음악이 어우러져 우리에게 귀감이 되는 좋은 글들이 성우의 내레이션으로 펼쳐지고 있었다.

그중 한 가지가 '내면의 힘을 끌어내라.'라는 것이었다. 즉, 마음의 세계는 좋은 감정을 가질 때는 기쁜 일을 불러내고 좋지 않은 생각을 하면 나쁜 결과를 만든다는 것이다. 내면의 세계를 어떻게 다스리느냐에 따라 우리의 미래는 달라질 수 있으며 '나는 할 수 있다.'는 신념을 강조하고 있었다. 이어서 인내력을 기르는 여섯 가지 비결이 영상과 함께 다음과 같이 내레이션으로 흘러나왔다.

> '첫째, 목표를 명확히 하여라.
> 둘째, 더욱더 열렬하고 강한 소망을 가져라.
> 셋째, 나의 능력을 믿고 자신감을 가져라.
> 넷째, 명확하고 구체적인 계획을 세워라.
> 다섯째, 명확한 계획을 위해 지금 당장 행동하라.

여섯째, 의지의 힘을 길러라.

위의 것을 크게 써서 당신의 책상 앞에 붙여라. 어느 순간 당신은 거목이 되어 있을 것이다.'

모두 명언이 따로 없다. 갑자기 정신이 버쩍 나면서 잠시 나의 일상을 돌아보았다. 평소 다른 사람보다는 긍정적인 성향이라고 여겼지만 가끔 나 역시 잔걱정이 앞설 때도 있다. 무엇보다도 나의 삶의 목표는 명확한지, 내가 진정 꿈꾸는 것은 무엇인가를 곰곰이 생각해 보았다. 예전에는 좀더 명확했던 것 같은데 언제부터인가 바쁜 일상에 쫓겨 하루하루를 스쳐가고 있는 나의 모습이 느껴졌다. 성공자와 성공하지 못한 자의 차이는 '행동을 했느냐, 안했느냐'의 차이라고 한다. 즉시 일어나 작은 수첩에 '나의 꿈'이라는 제목을 쓰고 내가 진정 원하는 것들을 기록했다. 우선 단기목표, 중기목표, 장기목표를 적었다. 마지막으로 미래의 일기를 적었다. 언젠가 모 유명 연예인이 자신이 가장 원하는 것을 '미래일기'를 써서 실제로 꿈이 실현되었다고 들은 적이 있었기 때문이다.

결국 모든 것은 자신이 생각하는 대로 되는 것이다. 적은 밖에 있는 것이 아니라 내 안에 있으며, 내면의 힘이야말로 세상을 행복하게 살아가는 원동력인 것이다.

3부

선택의 기로

선택의 기교

살다 보면 끊임없는 선택의 기로에 서게 된다. 아침에 눈을 뜰 때부터 선택이 시작된다.

오늘 아침은 무엇을 먹고 어떤 옷을 입을지, 누구와 무엇을 해야 하는지 작은 일까지 다 챙기려면 끝이 없다. 대개는 그럭저럭 넘기지만 때로는 쉽게 결정할 수 없는 중요한 선택을 해야할 때도 있다. 그 선택이 우연이든 필연이든 어쩌면 나의 운명을 바꾸는 계기가 될 수도 있기 때문이다. 그러나 우리는 인간이기에 신처럼 미리 그 결과를 알 수 없다. 그저 좋은 결과가 있기를 바라며 결정할 수밖에 없다.

학창시절 국어 교과서에서 읽은 로버트 프로스트의 〈가지 않은 길〉이란 시가 생각난다.

노란 숲속에 길이 두 갈래로 났었습니다./ 나는 두 길을 다 가지 못하는 것을 안타깝게 생각하면서/ 오랫동안 서서 한 길이 굽어 꺾여 내려간 데까지/ 바라다볼 수 있는 데까지 멀리 바라다보았습니다.// 그리고, 똑같이 아름다운 다른 길을 택했습니다. (로버트 프로스트의 〈가지 않은 길〉에서)

사람들은 선택할 때는 모르지만 세월이 흐르고 나면 내가 가

보지 않은 길에 대한 미련이 남기 마련이다. 나 역시 살아오면서 수많은 선택을 했다. 그중에 제일 잘했다고 여긴 것은 대학원에 진학한 것이 아닐까 한다.

　내가 서울의 모 성당 부설 유치원에서 새내기 교사로 일할 때의 일이다. 유치원 원장 수녀님이 6월 초 어느 날 직원들의 설악산 여행 계획을 발표하셨다. 모든 직원들이 다 좋아했지만 난 그럴 수가 없었다. 서울에 있는 S대 대학원에 입학시험을 보려고 준비하던 중이었는데 하필이면 시험일이 여행 중간에 끼였기 때문이다. 지금 같으면 개인 사정이 있어서 못 간다고 말을 했을 텐데 당시엔 내가 가장 새내기라 그러지를 못하고 속으로만 애를 태우며 여행을 따라갔다. 몸은 설악산에 갔으나 다음 날 있을 대학원 입학시험이 머릿속에서 떠나지 않았다. 그런 내 마음을 주임 선생님이 알아차리고 원장 수녀님께 보고를 했다.

　이야기를 들은 원장 수녀님은 깜짝 놀라며 시험을 볼 사람이 왜 따라왔느냐며, 이왕 온 것 하루라도 설악산 구경을 시켜주려고 택시를 대절하여 일일 관광을 시켜주었다. 그리고는 인제항에서 춘천의 소양호로 가는 배를 태워 나만 홀로 보내주셨다. 그때 원장 수녀님의 선택 덕분에 나는 대학원 시험에 합격을 했고 그 후 박사학위까지 끝낼 수 있었다.

그러나 내게도 가지 않은 길이 있다. 우리나라 입시정책 때문에 잃어버린 남자친구다. 내 기억에 남는 친구가 둘이 있다. 공교롭게도 둘 다 대학 때문에 서로 다른 길을 걷게 되었다.

고등학교 때 남자친구는 대학시험에 첫 실패하는 바람에 공부한다고 일부러 내가 연락을 끊었다. 그 후 각자 대학에 들어갔지만 당시엔 그것이 그를 위하는 일이라 여겼다.

두 번째 남자친구는 좋아하면서도 더 좋은 상위 학교로 진학하기 위해 공부해야 한다고 잠시 만나지 말자고 한 것이 지금까지 만나지 못하는 상황이 되어버렸다.

만일 당시 내가 그들에게 그런 말을 하지 않았다면 어찌되었을지 가끔 생각해 본다. 그렇게 오랜 세월이 흘렀는데 한 가지 또렷하게 기억이 나는 것이 있다. 대학시절에 만났던 남자친구의 집 전화번호다. 예전에 있던 나의 폰 번호나 집 전화번호는 생각조차 안 나는데 이상한 일이다. 지금이라도 '915-0000'로 전화를 하면 마치 그의 목소리가 나올 것 같고 그 친구가 아직도 그 집에 살고 있을 것만 같다. 하지만 전화하지 않았다. 그냥 추억으로 묻어두는 것이 더 아름다울 것 같았기 때문이다.

언젠가 딸에게 그런 이야기를 해주었더니 "엄마가 남자친구와 헤어져 아빠를 만났으니 엄마와 내가 만났지." 해서 내 망상을 일깨워주었다. 두 가지 갈래길에서 어떤 선택을 했든 그것은 자신의 몫이고 그걸 운명으로 치부하기도 한다.

사람의 인연도 흐르는 강물처럼 흘러간다. 그러다 인연이 있으면 다시 만나게 되는 것이고 그렇지 못하면 각자 제 인생을 살아가는 것이다. 누군가를 만나고 헤어짐도 우주의 법칙만큼이나 오묘하고 불가사의하다는 생각이 든다.

오늘 나는 또 어떤 선택을 해야 후회 없는 인생을 살게 될까.

어느 봄날의 특별한 여행

어느 해 봄날, 친정어머니로부터 전화가 왔다. 남해안 여행을 함께 가자는 제의였다. 당시 나는 사업이 무척 바쁠 때라 생각할 여유도 없이 시간을 내기 어렵다고 단숨에 거절했다. 그런 나에게 어머니는 '내 생애 마지막 여행이 될지 모르니 너와 함께 꼭 가고 싶다.'고 했다. 순간 정신이 번쩍 났다. 팔순이 넘은 어머니의 간청을 바쁘다는 핑계로 해드리지 못하면 평생 후회할 일을 만들지도 모른다는 생각이 들었기 때문이다. 이내 바쁜 일상을 뒤로 미루고 함께 가겠노라고 약속했다.

어머니는 평소 뇌졸중 후유증으로 몸이 불편해 집안에서도 혼자 거동이 어려웠다. 항상 집으로 오는 요양사나 가족 누군가의 도움을 받아야 했다. 외출은 병원에 가는 날이거나 어쩌다 가족과 외식하는 날이 전부였다. 자식들이 넷이나 있지만 다 바쁘다 보니 부모님과 함께할 시간이 그리 넉넉지 못했다. 나역시 늘 마음뿐이었다. 막냇동생이 특별휴가를 내어 두 분을 모시고 가기로 했으나 어머니는 유독 나와 함께 가기를 원했다. 아무래도 몸이 불편하다 보니 아들보다 딸이 여러 가지로 마음이 편했기 때문이리라.

어머니는 가족들이 모두 나가고 없을 때면 베란다 창밖에 흔들리는 나뭇잎들을 바라보며 계절을 느끼곤 했다. 그 날도 따스한 봄기운이 집안으로 스며들자 문득 당신이 평소 가보고 싶었던 추억의 장소인 남해안을 둘러보고 싶다는 생각이 든 것이다. 그곳은 처녀 때 아버지를 처음 만났던 곳이요, 신혼 시절 언니와 나를 낳았던 장소이기도 하다. 어머니 인생에 있어 가장 기억하고 싶은 추억의 현장일 것이다.

예전에는 해마다 부모님을 모시고 일 년에 한 번 정도는 여행을 다녔으나 삼 년 전 경주여행을 마지막으로 단 한 번도 간 적이 없었다. 어머니의 건강이 나빠지기도 했지만 나 역시 여행할 마음의 여유가 없이 바쁘게 살았기 때문이다.

며칠 후, 막내 남동생과 함께 부모님을 모시고 남해안으로 4박 5일의 여행을 떠났다. 어머니는 모처럼의 여행이 즐거운지 소풍 가는 어린애처럼 콧노래까지 흥얼거렸다. 자동차를 타고 가는 동안 창가에 스치는 풍경 하나라도 놓칠세라 차창에서 한시도 눈을 떼지 못했다. 아버지 역시 그런 어머니의 모습에 매우 흐뭇해했다. 나 또한 부모님과 함께 여행가기를 참 잘했다는 생각이 들었다. 두 분이 아직 내 곁에 살아 계시다는 것이 얼마나 감사한 일인가!

신나게 고속도로를 달려 휴게소에 처음 들렀을 때 한 가지 문제가 생겼다. 갑자기 아버지가 허리를 움켜쥐고 자동차에서 내리지를 못하는 것이 아닌가. 어머니는 원래 몸이 불편했지만, 아버지는 집에서 출발할 때만 해도 몸이 멀쩡했는데 어찌된 영문인지 알 수가 없었다. 허리가 너무 아프다며 발을 한 발짝도 못 떼는 것이었다. 우리는 갑작스러운 일에 당황했지만 할 수 없이 막냇동생과 함께 휠체어를 빌려 두 분을 교대로 모시고 화장실을 다녀올 수밖에 없었다. 평소 어머니 한 사람 부축하기도 힘든데 아버지까지 꼼짝 못하니 보통 난감한 일이 아닐 수 없었다. 우리는 휴게소에 들을 때마다 그러기를 여러 차례 반복했다. 어머니는 아버지가 전날 공연히 병원에 가서 물리치료를 잘못 받아서 그런 것 같다며 속상해했다.

남해안에 도착할 무렵, 어느새 날이 저물고 있었다. 우리는 일단 예약된 호텔을 먼저 찾았다. 부모님을 위해 전망이 제일 좋은 방으로 바다가 잘 보이는 곳을 선택했다.

다음날, 아버지의 허리 상태는 좀더 나아질 것이라는 기대와는 달리 더욱 심해져서 예정된 여행지를 제대로 돌아다닐 수가 없었다. 승용차를 타고 차 안에서만 바라보고 명승지를 스쳐 가며 눈으로만 볼 수밖에 없었다. 즐거운 여행이 아니라 고행 그 자체였다. 아픈 사람도 힘들지만, 몸이 불편한 어머니까지 보필해야 하는 남동생과 나는 생각지 않은 사태에 어찌해야 할지 막막했다. 결국, 여수와 순천에서 이틀 밤을 지내고 나머지 남은 여행지 두 곳은 호텔비만 선납한 채 발길을 돌릴 수밖에 없었다.

집으로 돌아와 병원에 간 아버지는 의사 선생님의 뜻밖의 진

단에 놀랐다. 잠시 '삐끗'해서 아픈 줄 알았던 허리는 척추에 금이 가고 협착증이 있어 수술을 곧바로 해야 한다는 것이다. 얼마 전 풍수 기행을 갔다가 넘어진 적이 있는데 타박 정도려니 한 것이 화근이었다. 물리치료 받는다고 병원에 가신 아버지가 갑자기 입원하게 되자 가족들은 모두 깜짝 놀랐다.

그 후 아버지는 두 번의 척추 수술을 하였고 유난히 무더웠던 긴 여름을 지나 추석 명절까지도 병원에서 홀로 보내야만 했다. 늘 부지런하고 풍수 기행을 좋아했던 아버지의 부재는 남은 가족들의 생활 리듬에 많은 영향을 끼쳤다. 집에는 몸이 불편한 어머니 때문에 누군가 항상 교대로 당번을 서야 했고 병원도 서로 번갈아 오가려니 바쁜 일상의 연속 그 자체였다. 아버지는 당신 몸이 아프심에도 불구하고 집에 계신 어머니의 안부를 늘 걱정했다. 어머니 역시 아버지 건강을 염려하며 자주 찾아보지 못함을 아쉬워하고 그리워했다. 그러한 두 분을 보면서 만일 한 분이라도 먼저 돌아가시기라도 한다면 얼마나 외롭고 큰 상심이 될까 생각하니 마음이 짠해졌다. 생의 마지막까지 두 분이 함께 건강하게 사셨으면 좋겠다.

어머니가 모처럼 기획했던 봄날의 특별한 여행은 그렇게 아쉬움을 남긴 채 어느새 몇 해가 흘렀다. 내년에 다시 새봄이 돌아오면 그때 못 이룬 어머니의 꿈을 꼭 이뤄드려야겠다.

도쿄올림픽

스포츠는 모든 사람을 하나로 뭉치게 하는 특별한 힘이 있다. 특히 국가 간의 경기는 더욱 그렇다. 평소에 사이가 안 좋았던 사람들도 올림픽경기나 월드컵 경기 등 국제경기를 치르게 되면 모르는 사이에 하나가 된다. 그 속에서 빼놓을 수 없는 것은 각 나라의 국기다.

얼마 전 제32회 2020년 일본 도쿄올림픽이 2주간의 경기를 치르고 대단원의 막을 내렸다. 원래는 작년에 치러져야 했지만, 코로나19 사태가 전 세계적으로 심각한 탓에 1년이 연기된 2021년 올해 실시한 것이다. 예전 같으면 많은 관중으로 열기가 뜨거웠을 각 경기장이 관계자들만 참석한 가운데 펼쳐져 아쉬움이 컸다.

우리나라도 코로나19로 인한 사회적 거리 두기 정책으로 인해 많은 사람이 집이나 사무실에서 모든 경기를 지켜봐야만 했다. 나 역시 다른 올림픽경기에 비해 이번 경기는 TV로 봤다. 평소에는 관심이 별로 없던 종목까지도 우리나라 선수들이 나온다면 일정표를 보고 일일이 챙겼다. 그 덕분에 경기에 대한 다양한 경기규칙도 많이 익힐 수 있었다.

'올림픽경기' 하면 떠오르는 유명한 역사적 인물이 있다. 우리나라 최초의 올림픽 금메달리스트 마라톤 손기정 선수다. 1936년 8월 9일 제11회 베를린 올림픽경기에서 '태극기' 대신

'일장기'를 가슴에 달고 뛰어야 했던 우리의 영웅이다. 그는 가난한 집안에 태어났지만 어릴 때부터 남다르게 달리기를 잘하는 바람에 일본의 마라톤 선수로 발탁되었다. 엄연히 대한의 아들이지만 일제 강점하에 있는 힘없는 국민인 터라 일본 대표로 나갈 수밖에 없었다.

그의 기록은 2시간 29분 19초라는 세계 신기록이었다. 그의 금메달은 값진 것이었지만 눈물의 금메달이었다. 태극기 대신 일장기가 올라가고 '손기정'이라는 한국 이름 대신 '손기테이'라는 일본인으로 소개된 것이다. 그러나 다음 날 〈조선중앙일보〉와 〈동아일보〉는 일장기를 지우고 태극기를 그려 넣어 신문에 사진을 공개했다. 이 사건으로 인해 두 신문사는 일제로부터 발행금지와 관계자 처벌이라는 철퇴를 맞았지만, 우리 국민에게는 자긍심을 심어준 큰 사건이었다. 그 후 손기정 선수는 우리나라 88올림픽의 성화봉송자로 뛰었으며, 2002년 세상을 떠났다. 그러나 아직도 그의 일화는 우리나라 사람들 가슴속에 국가와 태극기의 소중함을 깨우쳐준다.

이번 도쿄올림픽 경기 중 가장 뜨거운 응원을 받은 종목은 바로 여자배구였다. 상대가 바로 만년 숙적 일본이었기 때문이다. 그날은 온 국민이 집과 사무실에서 모두 TV 앞을 떠나지 못하고 응원했다. 비록 코로나로 인해 현장은 가볼 수 없었지만, 우리 선수들이 한 점씩 득점할 때마다 모두가 열광했다. 그중에서도 한국배구를 4강으로 이끈 김연경 선수의 활약이 눈부셨다. 특히, 다 졌던 경기를 3세트 끝에 3:2로 역전승했을 때는 그 어느 경기보다 더 통쾌했다.

우리나라 선수들이 다른 나라 선수들에 비해 압도적으로 잘하는 종목은 역시 양궁이었다. 이번 올림픽경기에서도 우리 선수들은 그 실력을 여실히 보여주었다. 화랑도 후예들이 쏜 화살이 과녁으로 날아가면 어김없이 만점 언저리에 꽂혔다. 어린 선수들의 침착한 손놀림에 세계의 이목이 쏠렸다.

또 하나 세인들의 관심을 받은 주요 경기는 최연소 탁구 신동 신유빈의 활약이었다. 나이가 40세 이상 많은 중국 대표 58세 니 시아리안(룩셈부르크인)과의 대결은 보는 이로 하여금 손에 땀을 쥐게 했다. 나이와 생김새는 어른과 아이의 대결 같았지만 만만치 않은 대결이었다. 우리의 탁구 신동은 비록 메달은 못 땄지만, 우리나라의 탁구 미래를 기대하게 했다. 이 외에도 펜싱, 태권도, 유도, 체조 등 다른 분야에서도 많은 선수들의 활약이 돋보였다. 한 가지 아쉬운 것은 야구나 축구에서 성적이 저조한 것이었다.

특히 축구는 2002년 우리나라 월드컵 때 전 세계 4강에까지 올라가 온 국민을 열광의 도가니에 몰아넣었던 기억이 떠올라

더 실망이 컸다. 그때 나는 월드컵 경기를 부모님과 함께 경기가 열리는 전국 축구장을 거의 다 돌며 직접 관람했다. 평소 축구를 잘 몰랐던 딸과 조카들도 학교 대신 8강전까지 관람하러 갈 정도였다. 그것은 축구를 특별히 좋아했던 아버지 덕분에 최종 4강전까지 모두 현장에서 볼 수 있었다. 현장에서 국제경기를 보면 없던 애국심도 저절로 샘솟는다. 당시 태극기가 새겨진 빨간 티셔츠를 입고 전국을 누비며 작은 태극기를 흔들었다. 아직도 장롱에는 그 시절의 태극기가 새겨진 티셔츠가 여러 벌 남아있다.

이십 년이라는 세월 속에서 그때의 부모님은 어느새 구순을 바라볼 정도로 연로하셨다.

비록 이번 도쿄올림픽에서 금 6, 은 4, 동 10개 등 메달 총 20개로 종합 16위에 그쳤지만, 최선을 다해 준 우리 선수들이 자랑스럽다. 그들이 메달을 딸 때마다 울려 퍼지는 애국가와 태극기는 우리 가슴에 큰 자긍심을 심어주었다.

시간의 굴레

현대인들은 언제부터인가 시간의 노예가 되어가고 있다. 배고프지 않아도 시계를 보고 때가 되면 식사를 해야 하고 잠이 오지 않아도 자정이 되면 억지로 잠을 청하려 하며, 아침이면 피곤해도 시간 맞춰 일어나야 한다. 나 역시 단 몇 시간도 시계를 보지 않고 마음대로 살아본 적이 없다.

몇 해 전, 운영하던 어린이집과 학원을 정리하고 모처럼 시간의 굴레를 벗어나볼까 하여 친구와 함께 해외여행을 떠났다. 평소 역사유적지를 좋아하여 가까운 캄보디아의 앙코르와트를 돌아보고 휴양지에서 더운 여름을 잠시 쉬어오려고 태국의 파타야를 돌아보기로 한 것이다.

여행 스케줄은 가급적 시간과 경비를 고려하여 인터넷 투어를 선택하였다. 함께 여행을 하게 된 일행들은 가족, 친구, 직장 동료 등 다양했다. 파타야는 예전 딸의 중학교 졸업 기념으로 함께 간 적이 있는 곳으로 즐거웠던 추억이 있는 곳이다.

태국을 거쳐 캄보디아의 국경을 넘어서는 순간, 모든 문화적 환경이 시대를 거꾸로 가는 느낌이었다. 예전에 미국 국경을 넘어 멕시코를 여행하던 때와 비슷했다. 동시대를 살아가는 사람들이 어디에서 살고 있느냐에 따라 그들의 생활방식은 너무도 달랐다. 유치원이나 어린이집에 가 있어야 할 어린아이들이 관광객만 보면 물건을 팔기에 바쁜 모습들이 마음을 찡하게 만

들었다.

　경험이 풍부한 한국인 가이드 덕분에 우리 일행은 다른 여행객에 비해 비교적 알찬 여행을 할 수 있었다. 그 대신 우리 일행은 남보다 더 부지런히 움직여야만 했다. 동양 최대의 호수인 톤레샵 호수의 일출과 캄보디아인들의 수상생활을 체험하기로 한 날, 가이드는 일행들에게 일출을 볼 사람들은 새벽 4시 30분까지 로비로 나오라고 당부했다. 만일 오지 않은 사람은 안 가는 것으로 여기고 그냥 출발하겠노라고 덧붙였다. 매일 일찍 일어나 하루 종일 돌아다니는 것도 보통 일이 아닌데 꼭 새벽에 일어나야 한다니 아침형 인간이 아닌 나로서는 여간 부담스러운 일이 아니었다. 일찍 잔다고 준비했어도 벌써 자정이 넘어버려 늦잠을 잘까봐 핸드폰에 알람을 설정했다.

　한참 단잠에 빠져 있는 시간, 옆에 있던 친구가 갑자기 큰일 났다며 나를 깨웠다. 깜짝 놀라 왜 그러느냐고 하니 벌써 새벽 4시 25분이라며 무조건 일어나 옷만 걸치고 내려가야 한다는 것이다. 눈이 미처 떠지지도 않은 채 그래도 세수는 해야 할 것 같아 친구를 먼저 내려가라고 하곤 뒤따라갔다. 어찌된 일인지 로비에는 아무도 없었고 그저 조용하기만 했다. 친구는 모두 우리만 두고 간 것 같다며 호텔 밖으로 나가보았다. 밖에는 희미한 불빛 속에 새벽비만 조용히 내리고 있었다. 정말 이상한 일이었다. 그렇게 늦게 내려온 것도 아닌데 우리만 두고 갔을 리가 없었다.

의아한 마음에 카운터에 있는 호텔 직원에게 서투른 영어로 다른 사람들이 어디로 갔는지를 물었다. 그는 오히려 우리의 행동을 이상히 여기며 모른다는 말만 되풀이했다. 가이드의 휴대폰으로 연락을 해 보았지만 알아듣지 못할 캄보디아 말만 들려 왔다.

할 수 없이 우리는 다시 객실로 돌아올 수밖에 없었다. 공연히 단잠만 망쳤다고 푸념하며, 연락도 안 해주고 가버린 가이드와 일행들을 원망했다. 타향에서 모처럼 일출을 본다고 잔뜩 기대를 했건만 아쉬운 마음으로 다시 잠을 청하기로 했다.

그 때 옆에 있던 친구가 나의 핸드폰에 있는 시간이 몇 시인가를 물었다. 핸드폰은 자동으로 현지시간에 맞추어져 있었는데 자세히 보니 새벽 2시 30분이었다. 깜짝 놀라 어찌된 영문인지 일어나 다시 살펴보았다. 분명히 핸드폰의 시계는 2시 30분이었다. 그러자 옆 친구가 갑자기 TV를 켰다. TV의 시간은 4시 30분을 나타내고 있었다. 순간 우리는 어떤 것이 진짜인지 알 수가 없었다. 고개를 갸우뚱하던 중 갑자기 친구가 박장대소를 한다. TV 프로그램은 한국 드라마였고 한국과 캄보디아는 시차가 두 시간이었다. 한국이 두 시간 더 빨랐던 것이다. 새벽의

해프닝은 바로 시차 때문에 빚어진 것이었다. 어쩐지 눈이 쉽게 떠지지 않는다고 했더니 잠자리에 든 지 2시간 만에 일어나려니 당연할 수밖에 없었다.

우리는 어이없는 상황에 웃을 수밖에 없었다. 친구는 단잠을 깨워 미안하다며 더 잠을 청하라고 했지만 어설프게 자다가는 진짜 늦잠을 잘 것 같아 일어나 나갈 준비를 했다. 새벽 4시 30분이 되자 우리는 아무 일도 없었던 것처럼 로비로 나갔다. 사람들이 하나 둘 내려오기 시작했다. 우리는 서로 마주보고 조금 전 해프닝을 떠올리며 실소를 머금었다. 친구는 창피하니 절대로 말하지 말라고 당부했다.

일행은 단 한 명만 빼고 모두 모였다. 배를 타고 강으로 나가보니 주변은 아직 새벽어둠으로 물들어 있었다. 이국땅에서 보는 일출은 그야말로 장관이었다. 잠을 거의 못 자고 기다렸던 터라 더욱 값진 경험이었다.

호텔로 돌아왔을 때, 함께 가지 못했던 일행 한 명이 왜 자기를 깨워주지 않았느냐며 아쉬워했다. 옆에 함께 자던 사람은 그녀가 피곤해서 안 가려는 줄 알고 일부러 안 깨웠다는 것이다. 그러고 보니 조금 미리 깨워 잠을 설치기는 했지만 그래도 잠 안 자고 깨워준 친구가 고마웠다. 역시 인간은 시간의 굴레를 벗어날 수 없는 동물이다.

\# 베이비부머(baby boomer)

요즘 지하철을 타면 대낮에도 사람이 많아 마치 출퇴근 시간을 방불케 한다. 도대체 이 많은 사람들은 저마다 어디로 가는 것일까! 승객들의 대부분은 중년 이상 노인들인 경우가 많고 어린아이들을 데리고 있는 젊은 사람들은 거의 구경하기 어렵다. 그러나 한때는 아이들이 너무 많아 걱정하던 시절도 있었다. 이때 태어난 사람들을 '베이비부머'라고 한다.

제2차 세계대전이 끝나고 많은 사람들이 결혼함으로써 아기들이 붐을 일으키듯이 많이 출산된 것이다. 미국은 1946년 이후에서 65년 사이 출생자들을, 우리나라에서는 6·25 전쟁 이후 55년부터 63년 사이에 출생한 사람들을 일컫는다. 이들이 전 세계인구 중 차지하는 비율은 약 30%에 달하며, 우리나라도 약 15%의 인구가 이에 속한다고 한다.

베이비부머는 21세기의 정치적, 사회적 흐름을 주도하는 주인공이기도 하다. 특히 그들이 경제적인 면에 끼치는 영향은 매우 크다. 그들이 지나가는 곳에는 돈도 따라다니기 때문이다. 즉, 엄청난 지출을 하는 세대인 것이다. 경제적 감각이 빠른 사람들은 그들을 상대로 많은 부를 이루기도 한다.

그들이 아기였을 때는 분유, 하기스 같은 일회용 기저귀, 레고 같은 장난감 등 베이비용품 산업이 급성장했고 청소년이었을 때는 청바지, 록 음악, 맥도널드, 피자헛, 코카콜라 같은 페

스트 후드 등의 산업이 활성화되었다. 그뿐만 아니라 그들이 어른이 되어 결혼하고 가정을 이루던 시기에는 갑자기 많은 집이 필요하다 보니 부동산 시장과 레저에 필요한 자동차 산업이 성장했다. 나이가 들면서는 건강에 대한 관심이 높아져 웰빙(well-being) 바람과 항노화(antiageing) 산업이 뜨고 있다.

이러한 사회적 영향은 우리나라를 한순간에 성형외과 천국으로 만들어버리기도 했다. 청소년뿐만 아니라 중년, 노인 할 것 없이 건강하고 예뻐지는 데 돈을 쓰려는 사람들이 점점 늘어나고 있기 때문이다. 그러고 보니 내 주변도 예외는 아닌 듯하다. 보톡스 주사 및 주름살 수술, 다이어트, 라식수술 등을 하는 사람이 예전보다 많아진 것이다.

하지만 이러한 베이비부머들은 어느새 은퇴 시기에 돌입했다. 한 세상을 누구보다 바쁘고 힘들게 살아왔건만 나이 오십 대에 들어서는 사회로부터 외면당하기 시작한 것이다. 한창 일할 나이에 직장에서 쫓겨난 것도 서러운데 가정에서마저 자신의 위치를 제대로 못 잡고 거리를 방황하는 가장들이 늘고 있다.

우리나라의 근대화, 산업화에 많은 공을 세우고 자녀교육에 대한 열풍으로 조기유학과 기러기 엄마, 아빠라는 신조어까지 탄생시켰지만 현실은 그들을 마음 편하게 받아주지 못하고 있다.

베이비부머는 자녀 양육과 부모 부양의 책임을 동시에 지고 있는 마지막 세대인 동시에 고령화 시대에 직면해 노후를 준비해야 하는 첫 세대이기도 하다. 부모로부터는 아무런 경제적 도움도 받지 못하고, 스스로 독립, 자수성가해야 했던 세대이나 정작 자신의 자녀로부터는 대접을 못 받는 불쌍한 세대이기도 하다.

나 역시 예외는 아니다. 어느새 내 인생의 반세기가 훌쩍 지나가고 있다.

문득 나의 지난 시간들을 되돌아본다. 숨가쁘게 많은 경쟁 속에서 살아온 나날들…. 무엇을 위해 그렇게 달려왔을까!

아직도 마음은 사춘기 소녀 같건만 어느새 노후를 걱정해야 할 나이인 것이다.

나름대로 자녀 양육 및 주어진 역할에 최선을 다했다고 자부하지만 하나밖에 없는 딸에게 물어보면 내가 생각한 만큼 100점 부모는 아니었다. 아무리 잘해주었다 해도 자녀가 느끼는 것을 다 채워주지 못하는 그 무언가가 항상 있게 마련이다.

나 또한 나의 부모에게 어떤 자식이었는가를 자문해 본다. 기쁨을 주는 순간보다 걱정을 끼칠 때가 더 많았던 것 같다. 구순을 바라보는 친정아버지의 축 늘어진 어깨가 오늘따라 유난히 쓸쓸해 보인다. 자식 일이라면 모든 것 제치고 먼저 챙기

시며 누구에게나 당당하던 아버지였건만 세월은 어쩔 수 없나 보다. 특히 요즘 들어 친정어머니와 번갈아 병원을 드나드시느라 바쁘시다. 당신 부모님이 말년에 중풍으로 오랫동안 고생하다 돌아가셨기 때문에 자식들에게 짐이 되면 안 된다며 건강을 늘 챙기시곤 한다. 부모님의 모습을 보면 나의 미래를 보는 듯하다.

앞으로는 인간의 수명이 100세 이상의 장수 시대가 열린다고 미래학자들은 예고한다. 그러나 오래 산다는 것이 어떤 이에게는 축복이 되지만 다른 어떤 이에게는 재앙이 될 수 있다고 경고하기도 한다. 즉 노후준비가 되어 있는 자에게는 축복이 되지만 아무런 대책이 없는 자에게는 가난과 고통이 따르는 노후이기 때문이리라.

언젠가 95세 된 노인이 쓴 수기를 읽은 적이 있다. 전문직으로 65세 때 정년을 하기 전까지는 최선을 다해 살았지만 95세까지 30년 동안의 삶은 시간을 허송세월하는 부끄러운 삶이었노라고 했다. 자신이 30년이나 더 살 것이라고 미처 생각지 못했다는 것이다. 앞으로 또 몇 년 후 95세 때 무언가를 시작하지 못함을 후회할지 몰라 다시 공부를 시작한다는 메시지는 나로 하여금 많은 것을 생각게 한다.

어쩌면 이 시대의 모든 베이비부머들의 자화상이 아닐까 한다.

아버지를 읽다展

어느 이른 봄날, 가까운 지인의 색다른 전시회를 관람한 적
이 있다. 그녀는 모 회사의 임원으로, 평소 내게 매우 친절한
사람이었다. 한 달 전부터 이야기 한 터라 할 일이 많았지만
주말을 이용해 참석하게 된 것이다.

장소는 다행히도 집 근처의 한 교회였다. 안으로 들어서자
그녀가 다른 일행과 함께 반가이 맞아주었다. 그곳에는 많은
사람들이 가족 또는 친구들과 함께 미리 와 있었다. 우선 전시
장의 혼잡을 피하기 위해 팀별로 넓은 강당에서 교회에 대한
안내 동영상을 보면서 대기했다. 잠시 후 순번이 되자 우리 일
행은 젊은 안내자를 따라 전시장 입구로 향했다. 많은 관람객이
질서정연하게 줄지어 서 있었다. 주변을 둘러보니 '진심, 아버
지를 읽다 展(전)'이라는 제목과 함께 그 밑에 '그 묵묵한 사랑에
대하여'라는 소제목이 눈길을 끌었다. 무언가 특별한 의미가 있
을 것 같은 생각이 들었다.

전시장 안에 들어서자 나도 모르게 '와' 하는 탄성이 나왔다.
낯익은 물품들이 마치 타임머신을 타고 어린 시절로 온 것 같았
기 때문이다. 경제적으로 어려웠던 우리나라 1960, 70년대의
풍경화를 보는 듯했다. 입구에 있는 작은 대문과 한문으로 써
있는 누군가의 때 묻은 문패가 향수를 느끼게 했다. 모두들 "그
래, 저런 시절이 있었지. 집집마다 가장의 이름을 나무나 돌에

새겨 걸어놓았던 그때 그 시절"이라고 한마디씩 했다. 비록 가난했지만 현대의 고개 숙인 아버지들에 비하면 훨씬 더 당당한 가장의 자부심이 엿보였다.

제1 전시실에는 1960년대 독일 광부로 가서 일했던 아버지들의 유품 및 사진, 가족들의 그리움이 담긴 애절한 편지글 등이 있었다. 막장에 있는 그들의 새까만 얼굴의 사진을 보면서 60년대 故(고) 박정희 대통령의 이야기가 떠올랐다. 독일에 외교 차 갔다가 그들을 위로하기 위해 탄광 현장을 들렀을 때, 지하 1000m에서 일하다 올라온 오백여 명의 새카만 광부들의 모습을 보는 순간 마음이 아파 함께 울었다는 일이 아직도 짠하게 느껴진다.

또 한 전시실에는 뜨거운 나라 사우디아라비아의 건설현장에서 가족들을 위해 열심히 땀 흘렸던 아버지들의 이야기가 이어졌다. 우리는 여름에 잠시 에어컨만 없어도 덥다고 난리들인데 항상 강렬한 태양이 내리쬐는 땅에서 온종일 땀을 흘리며 일했을 그들을 생각하면 그 또한 마음이 아프다. 힘들어도 당신들이 지켜줘야 할 사랑하는 가족들이 있었기에 그 힘든 시절을 이겨냈으리라.

어떤 자녀는 일하느라 부모님을 자주 못 뵈었는데 자식들 돈 쓸까 봐 치료도 못하고 암으로 돌아가신 후에 비로소 부모님의 사랑을 깨닫고 후회하기도 했다는 글이 보는 이들의 마음을 울렸다.

문득 몸이 불편한 팔순의 친정 부모님이 생각났다. 나 역시 가끔 어머니가 내게 전화를 해서 얼굴 한번 보고 싶으니 주말에 한 번 다녀가라 하면 매번 바쁘다며 자주 뵙지 못했기 때문이다. 어쩌다 친정에 들르면 어머니는 내 손을 잡으며 '내가 언제 죽을지도 모르는데 주말에 한 번씩 오면 안 되냐.'며 어린애처럼 칭얼대곤 한다. 아버지 역시 4년 전 허리 수술을 한 뒤 계속되는 허리통증으로 고생을 하시는 것을 그동안 자식으로서 무심히 여겼는데 살펴드리지 못한 것이 새삼 죄송하다는 생각이 들었다.

다양한 사연들의 편지글을 하나씩 읽는 동안 어느새 내 두 눈가에는 나도 모르게 눈물이 흘러내리고 있었다. 옆에 서 있던 그녀가 내 모습을 보았는지 손수건을 살며시 건네준다. 다른 사람들도 모두가 숙연한 마음이 되어 서로 아무 말이 없었다. 어쩌면 그들도 나처럼 문득 잊고 있었던 부모님을 떠올리며 속으로 울고 있었을지도 모른다.

마지막 전시실에서는 아버지에 대한 애니메이션 영상을 보여주었다. 그 역시 짧은 내용이었지만 아버지의 묵묵하고 크신 자식 사랑에 대한 감동으로 겨우 멈추었던 눈물이 또 흘러내렸다.

144

전시장을 나왔을 때 옆 사람을 바라보기가 민망하여 얼른 화장실에 들어가 거울을 보았다. 울어서인지 눈시울이 붉어져 있었다. 화장을 고치고 나오자 그녀는 기념촬영을 하고 가라며 나를 포토 존으로 이끌었다. 그곳에는 듬직하고 멋진 느티나무와 벤치가 준비되어 있었다. 마치 나무의 모습이 묵묵한 아버지의 사랑과 같았다. 울다가 웃는 아이처럼 그녀와 함께 마지못한 양 기념촬영을 했다.

그녀는 이어서 따뜻한 차 한 잔과 다과가 준비된 테이블로 나를 안내했다. 젊은 자원봉사자들이 손 편지를 아버지께 써보라며 예쁜 편지지와 봉투를 갖다 주었다. 순간 지금까지 부모님이 베풀어 준 많은 사랑의 기억들이 마치 주마등처럼 머릿속을 스쳐 갔다. 어린 시절 아버지가 퇴근하실 무렵이면 동생들과 함께 버스 정류장으로 마중 갔던 일, 귀가하는 아버지의 양손에 쥔 아이들의 먹을거리, 주말이면 우리 사 남매를 위해 도넛과 샌드위치를 자주 만들어주시던 일, 하루도 쉬지 않고 주야로 겹 벌이를 하던 아버지의 모습 등이 떠올랐다.

집으로 돌아오는 동안 부모님의 사랑을 새삼 깨닫게 해준 그녀가 고마웠다. 오늘 밤에는 모처럼 황혼의 부모님께 손 편지라도 써봐야겠다.

트로피 헌터

세상에는 다양한 사람들이 살다 보니 생김새가 다른 만큼 생각도 각각 다르다.

그러다 보니 사람들은 종종 서로의 의견 차이로 시비가 엇갈린다. 그중 한 가지가 동물에 대한 생각이다. 한쪽은 동물을 오락의 도구 아니면 혐오 대상으로 여겨 함부로 대하는가 하면 다른 한편에서는 생명의 귀함을 알고 어려움에 처한 동물을 보호하기 위해 노력하는 애호가들이 있다. 나는 동물을 좋아하는 편이라 그들이 나오는 TV 프로그램을 즐겨본다.

얼마 전 우연히 동물에 관한 다큐멘터리 프로그램을 보게 되었다. 아프리카를 무대로 총을 든 백인 여성이 몇몇의 원주민들과 함께 숲을 헤치며 돌아다니고 있었다. 처음에는 그들이 동물보호단체에서 나온 사람들이라고 생각했다. 잠시 후 그들 눈앞에 커다란 기린 한 마리가 나타났다. 그를 본 여성은 갑자기 총을 겨누더니 기린을 향해 한 발을 쏘았다. 커다란 기린은 아무 저항도 못하고 맥없이 쓰러졌다. 순간 나는 깜짝 놀랐다. 기린은 평소 아이들이 동물원에 가면 제일 좋아하는 온순한 동물이건만 왜 죽임을 당해야 하는지 알 수가 없었다. 그녀는 쓰러진 기린을 그대로 방치하고 아무렇지도 않은 듯 또 다른 대상을 물색하기 시작했다.

잠시 후 그들의 눈앞에 예쁜 꽃사슴 한 마리가 나타났다. 백인 여성은 또다시 그를 겨냥했다. 곧이어 평화로운 숲속에 한 발의 총성이 울리고 한가로이 풀을 뜯고 있던 꽃사슴이 애처로이 쓰러졌다. 그는 머리에 피를 흘리며 눈을 뜨고 있었다. 커다란 슬픈 눈으로 마치 사람들을 바라보는 듯했다. 못된 인간의 행동에 아무 잘못도 없이 죽어가는 가여운 꽃사슴이 애처로웠다. 그 여성은 마치 어린애처럼 좋아하더니 커다란 사슴의 뿔을 잡고 활짝 웃으며 기념촬영을 하기에 바빴다. 심지어 죽은 꽃사슴의 뿔을 잡고 일으켜 끌며 마치 꽃사슴이 본인과 산책이라도 하는 것처럼 연출하는 사진까지 찍었다. 어떻게 인간이 저렇게 잔인할 수가 있을까. 그녀의 뻔뻔스러운 행동이 저주스러웠다. 소중한 생명을 아무렇지도 않은 듯 쉽게 빼앗는 그녀는 트로피 헌팅을 즐기는 헌터라고 했다.

트로피 헌팅이란 오락을 위해 사자·코끼리·코뿔소 등의 대형 동물을 총이나 석궁을 이용해 사냥하는 것을 말한다. 남아공·나미비아짐바브웨 등 아프리카 국가에서는 이런 행동이 합법화되며, 현지 가이드에게 돈을 주고 사바나 초원에서 사냥에 참여하는 방식으로 이루어진다고 한다. 금액은 아프리카 사자의 경우 5만 달러(5400만 원), 코끼리는 7만 달러(7800만 원)에 이르는 것으로 알려졌다.

트로피 헌터(Trophy Hunter)들은 멸종 위기종을 가리지 않고 사냥을 하며, 사냥한 동물을 과시용으로 전시하거나 기념품으로 간직한다고 한다. 이렇게 사냥한 동물의 머리나 가죽 일부분을 잘라 만든 박제품은 '헌팅 트로피'라 불린다. 그녀 역시 집안에 수십 종의 동물 박제를 기념품으로 장식해 놓아 세인들의 공분을 사고 있다.

그녀의 헌팅은 그것으로 끝나지 않았다. 다음에는 물속에서 놀고 있는 아빠 하마와 아기 하마를 발견하더니 커다란 아빠 하마를 총으로 쏘아 쓰러트렸다. 그녀는 또 피를 흘리고 쓰러진 하마 앞에서 자랑스러운 듯 기념촬영을 하기 시작했다. 그녀는 왜 아빠 하마를 죽이느냐고 묻는 취재진의 말에 아빠 하마는 나이가 많아서 어차피 오래 살지 못하기 때문에 괜찮다는 것이다. 아기 하마는 아직 어려서 보호해야 한다며 꽤나 자비로운 척했다. 아빠를 잃은 어린 하마가 약육강식의 아프리카 벌판에서 홀로 살아갈 것을 생각하니 가엾게 느껴졌다. 세상에 늙으면 죽여도 괜찮다는 논리는 어디에 근거한 것인지. 그것이 아무리 동물이라 할지라도 그녀의 어이없는 대답은 보는 이의 마음을 슬프게 한다. 그녀는 그 자리에서 원주민 일꾼들로 하여금 하마를 도축하게 하고 고기를 트럭에 싣고 마을로 가서 잔치를 열었다.

많은 사람들이 트로피 헌팅을 지탄하였으나 그녀는 그것이

소수 동물의 희생으로 다수의 동물을 살리고 아프리카 지역사회를 돕는 일이라고 스스로 당위성을 주장한다.

반면에 다른 한쪽에서는 위기에 처한 동물들을 살리고자 애쓰는 사람들도 많다. 같은 아프리카에서 아프거나 위험에 처한 동물들을 구하기 위해 지프차를 타고 돌아다니며 바쁘게 움직인다. 작은 동물이든 큰 동물이든 간에 생명의 귀중함을 알기 때문이다.

내 주변에도 반려동물을 사랑하는 사람들의 모임이 있다. 그들은 유기견이나 학대 받는 동물들을 찾아 언제든지 달려가 구조하곤 한다. 어떤 이들은 동물에 대한 사랑이 지극하여 본인의 생업도 포기한 채 유기견이나 유기 묘들과 함께 생활하기도 한다. 처음에는 한두 마리만 돌보기 시작하던 것이 어느새 수십 마리로 늘어나 혼자서는 도저히 어려운 상황에 처해지는 경우도 종종 있다.

가끔 그들이 운영하는 밴드에 다급한 SOS가 오는 경우가 있다. 유기견 보호소에서 임시 보호 기간이 다하면 할 수 없이 안락사를 해야 하기 때문에 한 마리라도 구해달라고 요청을 한다. 가정에서 한 마리라도 데려가 주면 그들의 생명을 살릴 수 있기 때문이다. 동물애호가들은 대부분 집안에 강아지나 고양이를 두 마리 이상 키우는 경우가 많다. 나 역시 집안에 두 마리의 반려견을 키우다 보니 또 다른 반려견을 데려온다는 것이 마음처럼 쉽지가 않다. 그저 서로 애만 태울 때가 많다.

한쪽에서는 작은 생명 하나라도 살리려고 애쓰건만 다른 한편에서는 쉽게 오락으로 죽이는 것을 일삼는 자들이 있으니 어떻게 사람들의 마음이 이렇게 다를 수 있을까!

전문 학자들은 멸종이 증가하는 이유로 야생동물을 사냥하는 것, 즉 트로피 헌팅을 들며 가장 큰 문제라고 지적한다. 해마다 그들 때문에 이유 없이 아프리카에서 수천 마리의 야생동물이 죽어가고 있기 때문이다.

생명은 아무리 작은 미물이라도 소중하다. 그 어느 것 하나 이유 없이 세상에 태어난 것은 없다. 신이 우리에게 생명을 준 것은 모두가 서로를 이롭게 하기 위함이었을 것이다.

사람과 동물이 평화롭게 공존하는 세상이 있어야 우리의 삶도 여유로워질 수 있다. 언제 어디서나 생명은 존중되어야 한다.

작은 행복

요즘 신종 바이러스 사태로 세상이 시끄럽다. 영화 속에서나 보던 일들이 현실로 다가온 것이다. 처음에는 먼 나라 남의 일로 여기던 것들이 한순간에 모든 사람의 일상을 바꿔버렸다. 건강의 중요성을 새삼 절감하게 된다.

평소 건강을 자부했던 나에게도 빨간 신호등이 켜졌다. 지난 해 생명보험을 들기 위해 간단한 검진을 받던 중 자세한 병원 진료를 받아오라는 통보를 받았다. 그동안 바쁘다는 핑계로 건강검진을 몇 년 동안 미룬 것이 화근이었다. 때마침 집 근처에 종합검진을 할 수 있는 병원이 있어서 모처럼 전체 검진을 의뢰했다.

위내시경 결과 위염이 발견되었고 대장내시경 결과 오랫동안 고질병이던 치핵 제거 수술을 받게 되었다. 딸아이를 낳고 생긴 아픈 흔적이었건만 겁이 나서 그 딸이 시집을 가도록 미루어 온 것이다. 그 밖에도 앞으로 뇌혈관, 유방암 등 살펴봐야 할 것들과 함께 잘못된 생활습관 몇 가지에 대해서도 지적해주었다. 하지만 신종 코로나 때문에 이틀 입원하는 동안 가족도 오지 못하게 했다.

그동안 건강에 대해 너무 자만했던 나를 돌아보았다. 예전에는 산악회를 따라 매주 산에도 가고 라틴댄스, 한국무용, 악기 연주 등을 즐겼다. 힘들 때는 찜질방이나 사우나에 가서 온천욕도 즐겼는데 몇 년 동안 일만 하느라 무엇에 쫓기는 사람처럼 살아온 것을 깨달았다. 게다가 코로나까지 겹치니 그나마 좋아하던 취미 생활은 아예 생각지도 못하게 되었다. 대신 TV를 통해 힐링 영상을 잠시 감상하는 것이 유일한 대리만족이다.

한동안 병원을 남의 일로 알던 내가 새삼 건강의 소중함을 느낀다. 이번 수술을 통해 사람이 먹고 배설하는 평범한 일상이 누군가에게는 힘들고 어려운 일이라는 것을 알게 된 것이다. 아침마다 음식을 먹는 것이 두려웠다. 먹으면 배설을 해야 하는데 수술 상처로 인한 통증으로 힘들었기 때문이다.

우리 몸은 어느 곳 하나 중요하지 않은 곳이 없다. 신은 우리에게 작은 솜털 하나까지도 필요한 곳에 맞춤형으로 선물해주었다. 다만 평소에는 건강에 대한 감사함을 모르고 살다가 제 몸에 이상이 왔을 때 비로소 그 소중함을 깨닫게 된다.

우리의 일상에서 건강의 최대 위험요소는 스트레스라는 것도 알았다. 그동안 비즈니스를 한다고 물신의 노예처럼 물불 가리지 않고 덤비느라 제 몸 하나 챙기지 못한 결과 여기저기 내 몸이 이상 징후를 보내고 있는 것이다.

행복이란 결코 크고 값져서 멀리 있는 것이 아니라 바로 내 안에 있다는 것을 알았다. 작은 것에 만족하고 감사하는 사람만이 행복할 수 있다고 믿는다.

'오늘 살아있음에 감사하고, 아프지 않음에 감사하며, 사랑하는 가족이 함께 있음에 감사한다.

힐링할 수 있는 삶이 행복한 삶이다.

\# 자매

사람은 자신이 속해 있는 문화적 환경에 많은 영향을 받는다. 특히 같은 부모 밑에서 자라 한솥밥을 먹는 가족이야말로 닮은꼴이 될 수밖에 없다.

나에게는 언니가 한 명 있다. 나이는 불과 18개월의 차이지만 많은 점이 다르다. 외형적으로 키나 체형은 비슷해 보이지만 이목구비는 분명히 다르다. 특히 성격 면에서는 동전의 양면처럼 완전히 다르다. 언니는 매우 이성적이고 계획적인데 반해 나는 감성적이고 즉흥적인 경향이 있다. 언니는 정적인 것을 좋아하는 반면에 나는 늘 동적인 것을 좋아한다. 언니는 혼자 책 읽기를 즐기는 반면, 나는 여러 사람들과 어울려 활동하기를 좋아한다.

학창시절, 공부하는 습관에 있어서도 언니는 매일 규칙적으로 하는 편이지만 나는 머리만 믿고 한꺼번에 공부하는 당일치기 선수였다. 하지만 우리를 처음 보는 사람들은 너무 똑같아서 가끔 착각이 든다고 한다. 어릴 때부터 늘 언니와 붙어다니고 결혼 후에도 같은 지역, 비슷한 일을 하다 보니 알게 모르게 외모가 비슷해 보이나 보다. 그러다 보니 웃지 못할 해프닝도 벌어진다.

언젠가는 문우 한 분이 언니를 집 근처 백화점에서 우연히 만난 적이 있었다. 당시 나의 집은 과천이었지만 나의 일터는 포천에 있어 주말에만 올 수 있었는데 언니를 나로 착각하여 '언제 왔느냐.'고 물었다. 언니는 백화점에 온 것을 묻는 줄 알고 '조금 전에 왔다.'고 대답했는데 사실 그분의 질문은 내가 포천에서 언제 과천에 왔느냐고 물은 것이다. 서로 다른 대화를 한참하고 헤어진 후 그다음 주 모임에서 나를 만났을 때 비로소 지난주에 만난 사람이 언니라는 사실을 깨달아 한바탕 웃고 말았다.

가끔 언니를 만나러 사무실이라도 찾아가면 주변 사람들이 여기저기서 인사를 하곤 한다. 심지어 세미나장에서도 강사가 착각하여 눈으로 인사하고 알은척을 하는 경우도 빈번하다. 유머감각이 있는 형부는 사람들이 언니와 나를 착각하는 것이 재미있는지 가끔 처음 만나는 사람을 소개할 때는 "나의 집사람…." 하고 잠시 뜸을 들이는 동안, "아! 예…." 하며 내게 인사를 하다가, "의 동생입니다." 하면 폭소를 터뜨린다.

어느 여름날, 내가 포천어린이집에서 한창 일하고 있을 때, 평소 친분이 있는 선생님 한 분으로부터 전화가 왔다. 언니가 지금 모 TV 공영방송에 나오고 있으니 TV를 켜보라는 것이다. TV를 켜니 정말 언니가 특집방송에 나오고 있었다. 여고동창생들이 모교를 방문하는 프로그램이었다. 언니에게는 방송에 대한 얘기를 듣지도 못한데다 전화를 준 사람과 언니는 예전에 만난 적이 한 번도 없었기에 의아한 생각이 들었다. 다시 그 선생님에게 전화를 걸어 어떻게 언니인 줄 알았느냐고 반문하니 모습이 똑같고 이름도 끝자리만 달라서 언니라고 여겨졌다는 것이다.

이러한 해프닝은 외국에서도 마찬가지였다. 오래전, 미국에 갔을 때의 일이다. 호텔 프런트에 방 열쇠를 가지러 갔는데 여직원이 조금 전 나에게 주었다는 것이다. 받은 적이 없노라고 했지만 그녀는 계속 같은 말만 되풀이하였다. 한창 그녀와 실랑이를 하고 있을 때 언니가 나타났다.

순간 그녀는 깜짝 놀라며 "Oh! Twins?" 하는 것이었다.

그제야 그녀가 착각을 했다는 것을 알았다. 우리는 쌍둥이가 아니라 자매라고 하니 너무 닮았다며 계속 번갈아 쳐다보고 신기하다는 듯 웃었다. 이렇게 사람들이 우리 자매를 닮은꼴로 보는 것은 아마 오랜 세월 같은 환경에서 자라왔기 때문이리라.

그러나 관찰력이 있는 사람들은 첫눈에 나와 언니가 외모도, 성격도 차이가 있다고 말한다. 가끔 주변의 몇몇 사람들은 "둘이 반반씩만 섞어지면 더 좋을 텐데."라며 아쉬움을 토로하기도 한다.

언니의 성격이 나와 너무 달라서 가끔 마음의 상처를 받을 때도 있지만 언니의 논리적이고 이성적인 면은 세상을 살아가는 데 있어서 나에게 많은 자극과 교훈을 주기도 한다. 이 세상은 언니와 같은 '이성형'만 있어도 안 되고 나 같은 '감성형'만 있어도 안 될 것이다. 서로 다른 사람들이 어울려서 각각의 장점을 배우고 단점을 보완하면서 함께 살아갈 때 이 세상은 더 다채롭고 역동적이기도 할 것이다. 그런 의미에서 언니와 나는 서로의 부족함을 채워주는 또 다른 반쪽이 아닐까 한다.

4부

살다 보면

\# 살다 보면

우리는 누구나 한치 앞을 내다보지 못하고 세상을 살아간다. 백 년도 못 사는 삶을 마치 천 년을 살 것처럼 많은 욕심을 내기도 한다. 남에게 일어나는 나쁜 일들이 내게는 평생 일어나지 않을 것 같은 착각을 하기도 한다.

지난해 겨울 어느 날, 아는 동생으로부터 급한 전화가 왔다. 내 바로 밑 남동생이 사람들 앞에서 사업 설명을 하다가 갑자기 쓰러져 119에 실려 갔다는 것이다. 순간 내가 무엇을 해야 할지 잠시 멍해졌다. 나 역시 사무실에서 사람들과 미팅하느라 한창 바쁘던 상황이었지만 급하게 보라매병원 응급실로 달려갔다.

담당 간호사는 CT 검사를 해봐야 원인을 알 수 있다고 했다. 기다리는 동안 응급상황을 대비한 수술동의서에 보호자 서명을 해야 한다며 서류 한 장을 내밀었다. 묘한 기분이 들었다. 한참 후에 검사실에서 산소 호흡기를 쓴 동생이 나오더니 중환자실로 들어갔다. 그가 들어간 중환자실 앞에서 두 시간 정도 기다리니 담당 의사가 나왔다. 병명은 뇌출혈로 6센티 정도 내부 출혈이 일어나 쓰러진 것이란다. 지금은 의식이 없는 상황이라며 일주일이 생사의 갈림길이라고 했다. 죽을 수도 있고 아니면 평생 뇌질환으로 신체 마비가 올 수도 있다는 청천벽력 같은 말을 하며 마음의 준비를 하라는 것이다. 미처 생각지 못한 일이었다. 날벼락 같은 현실이 믿기지 않았다.

평소 동생은 신체가 건강해 보이고 부지런하며 성격도 활달한 사람이었지만, 그동안 여러 번의 사업 실패와 코로나19 경제위기로 힘들어했다. 각종 스트레스로 인해 술과 담배를 자주 접했던 생활습관 때문인 듯하다. 그나마 최근 새로운 사업의 프로젝트로 돈을 벌 수 있는 기회가 왔다며 좋아했는데 시작하자마자 쓰러진 것이다.

구순을 바라보는 연로한 부모님께는 차마 말씀을 드리지 못하고 언니와 막내 남동생에게만 연락했다. 아버지는 허리가 아프셔서 자주 병원을 다니고 어머니는 오래전부터 뇌졸중 후유증세로 집에 복지사가 와서 돌보는 상황이었기 때문이다. 그러나 동생이 중환자실에 들어간 지 일주일이 되었을 때 친정아버지로부터 전화가 왔다. 동생이 전화를 계속 안 받으니 무슨 일이 있는 것 같다는 것이다. 부모의 직감일까! 할 수 없이 아버지께만 조심스럽게 말씀을 드렸다. 동생이 조금 아파서 병원에 있다며 너무 심려하지 마시라고 안심을 시켜드렸다. 아버지는 어머니에게는 말하지 말라며 내게 당부했다. 그러나 당신은 내심 아들 걱정에 식사도 잘 못하시고 잠도 잘 못 주무셨다.

다행히 동생은 열흘 뒤 중환자실에서 나왔지만, 몸의 한쪽이 마비된 상태였다. 그의 힘으로는 아무것도 할 수가 없었다. 일반병실로 처음 옮겨진 날 동생의 모습은 매우 초췌했다. 그날 밤 병상 옆을 지키며 동생을 돌보았다. 간호사들이 통합 간병을 한다지만 너무도 바쁜 그들이 모든 환자를 세심히 살핀다는 것은 그리 쉬운 일이 아니다.

다음날 간병인협회를 통해 동생을 돌봐줄 간병인을 불렀다. 내가 동생을 직접 간병하는 것보다 전문가에게 맡기고 대신 돈을 벌어서 병원비를 보태주는 것이 훨씬 도움이 될 것이라고 판단한 것이다. 동생을 돌보는 동안 병원비와 간병비는 나날이 늘어갔다. 언제 끝날지 모르는 병마와의 싸움을 하는 것 같다.

보라매병원에서 한 달 정도 치료받은 후 지금은 안양ㅇㅇ재활병원에서 개인 간병인과 함께 치료 중이다. 덕분에 어눌하던 말은 청산유수처럼 잘하고 오른쪽 팔과 다리도 잘 움직일 수 있게 되었다. 하지만 뇌신경 손상으로 인해 현실 감각이 떨어져 가끔 엉뚱한 소리를 한다거나 아직도 왼쪽 팔과 다리는 마비가 되어 일어나거나 앉지도 못하는 형편이다.

지난 3월 보라매병원에서 통원진료를 하고 앰뷸런스를 타고 재활병원으로 돌아가던 중 누워있던 동생이 "난 누나가 있어서 행복한 사람이야. 누나가 있어서 내가 얼마나 든든한지 몰라." 했다. 마음이 짠했다. 당장 동생을 가까이서 돌봐줄 사람이 나밖에 없었던 것이다.

며칠 전 부모님 댁에 갔을 때 아버지가 하얀 종이봉투 하나를 내밀었다. 동생 병원비에 보태라며 당신 쓸 돈을 모아서 주신 것이다. 이번만 받고 다음에는 제가 알아서 한다고 했더니 네가 무슨 수로 그 많은 병원비를 내느냐는 것이다.

아버지 걱정을 덜어드리기 위해 나의 사업 프로젝트를 말씀드렸다. 다행히도 내가 하는 일이 잘 풀리고 있어서 동생의 병원비에 많은 보탬이 될 것이라며 안심을 시켜드렸다.

작년 12월 동생이 갑자기 쓰러진 것은 안 좋은 일이었지만 한편으로는 반가운 소식도 있었다. 올 신년 초에는 하나밖에 없는 딸의 임신 소식을 접한 것이다. 새벽 꿈속에 내 양쪽 주머니에 작은 토종밤을 잔뜩 담아놓고 또 누군가와 밤을 나누는 꿈을 꾸다가 잠이 깼다. 순간 의아한 꿈에 무슨 좋은 일이 일어날 것만 같은 느낌이 들어 복권이라도 사야겠다는 생각을 했다. 그때 갑자기 딸로부터 전화가 왔다. "엄마! 태몽 같은 것 안 꾸셨어요?"

마치 나의 꿈을 보기라도 한 듯 다짜고짜 태몽을 꾸었느냐고 묻는 것이다. 딸은 내가 평소 꿈을 잘 꾸고 그 꿈이 잘 맞는다는 것을 잘 알고 있었기 때문일 것이다. 게다가 딸은 아기 임신과 함께 올 팔월에 입주하는 강남의 모 아파트에도 당첨이 되었다며 좋아했다. 그때서야 나의 꿈이 새 생명과 재물의 소식을 알려주는 길몽이었다는 확신이 들었다.

추운 겨울이 지나면 따뜻한 봄이 오듯이 우리의 삶도 계절의 변화처럼 끊임없는 생로병사를 겪으며 살아간다. 그 속에서 우리는 때로는 웃고 울기도 한다.

어제는 언니에게서 모처럼 전화가 왔다. 아버지가 동생 일로 신경을 쓰셔서 그런지 몸무게가 10킬로가 빠지셨다는 것이다. 동생 일은 아직도 전혀 모르는 어머니까지 덩달아 몸무게가 빠지셨다며 아픈 동생과 부모님 걱정에 언니도 걱정이라는 것이다. 부모님께는 동생이 좋아지고 있다고 말해달라는 것이었다.

자식은 평생 부모에게 즐거움이기도 하고 때로는 아픈 손가락이기도 하다.

이제는 부모님 마음을 편하게 해드려야 할 때인데 본의 아니게 마음을 불편하게 해드리는 상황이 안타까웠다.

내일은 재활병원에 있는 동생을 면회 가는 날이다. 코로나19로 가족을 만나지 못하는 환자들을 위한 병원의 배려이다. 간병인에게 전화를 걸어 동생과 잠시 통화를 했다. 동생은 예전처럼 씩씩하게 말을 잘한다. 건강 잘 챙기라고 하니 자신의 걱정은 하지 말라며 옆에 있는 형이 잘해줘서 괜찮다고 내일 만나자고 한다.

이번 동생의 갑작스러운 일을 통해 가족애와 건강의 중요성을 다시 한 번 돌아보며 내가 누군가에게 힘이 되어줄 수 있다는 것에 감사함을 느낀다.

하루빨리 동생의 몸이 나아져서 온 가족이 다시 웃음을 찾는 날이 오기를 기대해 본다.

바다낚시

몇 해 전 늦여름의 주말, 친구 K를 따라 바다낚시를 갔다. 평소 낚시를 무척 좋아하는 K는 며칠 전부터 매일 인터넷 사이트를 뒤져 배낚시 일정을 살피곤 했다. 물때를 잘 살펴서 가야 한다는 것이다.

며칠 전부터 일정표를 열심히 들여다보더니 갑자기 배낚시를 가자고 했다. 한 번도 해보지 못한 일에 호기심이 발동하여 즉시 가겠노라고 했다. K는 나의 대답이 끝나기가 무섭게 준비를 마치고 나를 재촉했다. 다른 때는 꿈지럭거리는 시간이 많아 늦기가 다반사였건만 자신이 좋아하는 일이라 그런지 재빨리 준비하는 것을 보고 웃음이 나왔다.

고속도로를 타고 가는 동안 친구의 얼굴은 무척 상기되어 있었다. 생각만 해도 신바람이 나는 모양이다. 인천항 부둣가에 도착하자 주차장은 각양각색의 차들로 가득 차 있었다. 항구에는 이른 새벽 출항하여 이미 낚시를 하고 돌아온 많은 배들과 사람들로 붐비고 있었고 또 한쪽에서는 오후 손님을 태우려고 기다리는 배들이 뒤엉켜 있었다. 순간 산에 가는 사람들만 많은 줄 알았는데 낚시 마니아들도 꽤 많다는 사실을 알았다.

겨우 배를 예약하고 잠시 기다리려니 아침부터 아무것도 먹지 못한 탓에 배가 고팠다. 근처에 식당이 있을 것이라던 친구의 말과는 달리 그 어디에도 편의점 하나 찾을 수 없었다. '금강

산도 식후경'이라 했는데 한끼도 못 먹고 배를 탈 생각을 하니 공연히 따라왔나 하는 생각도 들었다.

드디어 배의 출항 시간이 되자 낚시꾼들은 하나, 둘, 예약된 배에 올라탔다. 그동안 여객선은 많이 타 보았지만 어선을 타보는 것은 처음이라 무척 설레었다. 그곳에는 두 쌍의 연인과 아이를 동반한 가족을 제외하고 대부분이 남자 손님들로 약 이십여 명이 타고 있었다. 그들은 각기 낚시할 자리를 잡고 준비하기에 여념이 없었다.

배가 서서히 물살을 가르며 나아가자 짙푸른 바다에 하얀 거품이 일기 시작했다. 갈매기들도 행여 먹을 거라도 줄까 싶어 우리를 따라서 끼룩거리며 날아오고 있었다. 모처럼 배를 타고 푸른 바다를 가로지르니 나도 모르게 '와 아!' 탄성이 나왔다. 마치 소풍 나온 어린아이 마음처럼 기분이 상쾌해졌다.

드디어 배가 어느 큰 교각 밑에 머물며 낚싯줄을 내리라는 방송이 나왔다. 낚시꾼들은 저마다 준비하고 있던 낚싯줄을 하나둘 던지기 시작했다. 친구 K는 아무것도 모르는 나를 위해 다른 사람보다 두 몫을 해야 했다. 태어나서 처음 해보는 낚시에 나는 유치원생이 따로 없었다.

K가 가르쳐 준 대로 조심스럽게 낚싯줄을 바다 밑으로 내리기 시작하자 도르래에 감긴 줄이 한없이 내려갔다. 순간 이상하

다 싶어 다시 당기려 하니 줄이 꼼짝도 안하는 것이 무언가 단단히 걸린 듯했다. '혹시 큰 놈이라도 걸린 것은 아닐까?' 은근히 기대가 되기도 했다. 잘못하다가는 끊어질 듯해 K에게 말하니 너무 많이 풀어버리는 바람에 뒤편에 있는 사람의 낚싯줄에 걸렸다는 것이다.

'그러면 그렇지.' 선무당이 사람 잡는다더니 내가 바로 그 짝이 아닌가! 다행히 능숙한 K 덕분에 문제를 잘 해결할 수 있었다.

낚시꾼들은 모두 아무 말도 없이 제 낚싯대 살피기에 여념이 없었다. 나 역시 커다란 낚싯대를 들고 언제 끌어 올려야 되는지도 모른 채 바닷물에 담그고만 있었다. 그때였다. 무언가 작게 '후드득'하는 느낌이 전해졌다. 나도 모르게 낚싯줄을 끌어 올리기 시작했다. 약간 묵직한 것이 무언가 걸린 것 같았다. 줄이 다 올라오자 나의 낚싯줄 끝에 손바닥만 한 우럭 한 마리가 버둥거리고 있었다. 순간 "물고기다!" 하며 탄성을 지르자 주위 사람들의 시선이 모두 내게 집중이 되었다. 옆에 있던 친구도 환하게 웃으며 원래 처음 하는 사람이 더 잘하는 경우가 있다며 잡은 물고기를 통에 담았다. 그런데 기쁜 마음보다는 어쩌다가 초보 낚시에 걸린 물고기가 가여워 보였다.

잠시 후 사이렌 소리와 함께 낚싯줄을 거두라는 안내방송이 나왔다. 또 다른 곳으로 이동하겠다는 것이다. 다시 배가 움직이는 동안 나는 주변 풍경에 흠뻑 빠져들었다. 맑고 푸른 하늘과 넘실거리는 짙푸른 바다, 그리고 그 위를 나는 갈매기들과 각양각색의 배들….마치 한 폭의 그림 같았다.

이윽고 배가 어느 조그만 섬 주변에 멈추더니 다시 낚싯줄을 내리라는 사이렌이 울렸다. 모든 낚시꾼이 일제히 낚싯줄을 내리기 시작했다. 나도 옆 사람들처럼 조심스레 낚싯줄을 내렸다. 여기저기서 물고기를 잡아 올리는 함성들이 들려올 때마다 사람들의 시선은 그곳으로 집중되었다. 나보다 경력이 있는 K도 역시 하나둘 낚기 시작했다. 모두가 진지한 표정이었다.

푸른 바닷물이 넘실거릴 때마다 내 낚싯줄도 따라서 함께 춤을 췄다. 아무 말 없이 낚시 끝만 바라보고 있을 때 갑자기 손끝에 강한 떨림이 왔다. 무언가 또 걸린 느낌이 들어 낚싯줄을 감아올리는데 제법 묵직한 것이 큰 놈 같았다. 줄이 다 올라오자 끝에는 우럭 두 마리가 달려있었다.

횡재라도 한 듯 어린아이처럼 함박웃음을 지었다. 그러나 주변을 둘러보니 낚싯줄에는 우럭이나 놀래기 같은 물고기만 물리는 것이 아니라 때로는 작은 게, 쭈꾸미, 낙지, 쓰레기가 올라오는 경우도 있었다. 그중 대어라도 낚이면 마치 보물이라도 찾은 듯 모두가 좋아했다. 그러나 나에게는 행운이지만 물고기에겐 불운이다. 물 밖으로 나온 물고기들은 작은 통 안에서 숨이 찬지 헐떡거렸다. 우리가 사는 세상이 물고기들에게는 곧 지옥과 같으리라. 우리가 물속에 들어간 것과 무엇이 다르겠는가!

문득 '저 푸른 빛 바닷속에는 우리가 알지 못하는 사연들이 얼마나 많이 숨어있을까?' 하는 생각이 들었다. 우리 눈에 비치는 푸른 바다는 아름답고 평화스러워 보이지만 그 속에는 크고 작은 많은 물고기들의 약육강식이 순간마다 펼쳐지고 있으며, 많은 사건 사고로 인한 사람들의 사연이 녹아 있으리라.

우리가 사는 세상도 바다와 같다는 생각이 들었다. 겉으로는 아무 일 없는 것 같아 보이는 사람들 살아가는 모습을 들여다보면 모두가 나름대로의 애환을 가지고 있다. 그러나 신은 누구에게나 공통의 시련과 복을 준다고 생각한다. 그만큼 완벽한 사람은 없기 때문이다.

오늘 아침 신선한 공기와 함께 태양을 맞이할 수 있음에 감사한다.

새벽을 여는 사람들

미처 가을을 느끼기도 전에 겨울이 성큼 다가오고 있다. 창문 틈으로 스며드는 공기가 제법 쌀쌀하게 느껴진다. '따르르릉' 시계의 알람소리에 단잠을 깼다. 채 떠지지 않은 나의 두 눈에 벽 위 전자시계의 빨간 숫자가 들어온다. 새벽 5시, 일어나야 할 시간이다. 따스한 온기의 이불 속에 그냥 안주하고 싶은 유혹으로 잠시 미적대다가 과감히 뿌리치고 잠자리에서 일어났다.

평소 야행성인 나는 주로 밤늦게까지 사람들을 만나거나 일을 하는 것을 즐긴다. 집에 일찍 귀가해도 새벽 두세 시까지 책을 보거나 글쓰기 등을 하느라 일찍 잠자리에 드는 경우는 거의 없다. 그러다 보니 밤을 새는 것은 잘할 수 있지만 새벽에 일어나 어디를 간다는 것이 제일 자신 없는 일이며 하나의 큰 스트레스가 된다. 재미있는 곳으로 여행을 간다고 해도 마찬가지다. 내 주변 사람들도 대개 같은 성향이어서 밤이 낮인 줄 알고 생활하기 일쑤고, 딸도 예외가 아니다. 그녀 역시 연극할 때는 늦은 공연을 끝내고 단원들과 어울리다 귀가가 늦어지게 되고 집에 와서도 대본 연습한다고 방송을 보느라 새벽에 잠들 때가 많았다. 늦게 잠이 드니 일찍 일어난다는 것은 당연히 어려운 일이다. 그러던 내가 갑자기 새벽에 일어나게 되는 하나의 계기가 있었다.

어느 날, 한 성공학 강의를 통해 성공한 사람들의 습관 중 하나가 부지런하고 '새벽형 인간'이 많다는 것을 알았다. 그들은 하루를 남들보다 일찍 시작함으로써 많은 성공의 결실을 거두어냈다. 실제 내 주변의 성공자들을 보면 정말 그런 것 같다. 사람이 자신의 생각을 바꾸면 습관이 되고 습관을 바꾸면 행동이 바뀌며, 행동을 바꾸면 인생이 바뀐다고 한다. 그러나 그것은 그리 쉬운 일이 아니다. 자신의 타고난 습성을 하루아침에 바꾼다는 것은 보통 마음을 다져먹지 않고는 어려운 일이기 때문이다. 그만큼 결단하지 않으면 안 된다. 결단이란 내가 해보지 않은 일들을 행동으로 보여주는 것이다. 마음은 누구나 먹을 수 있지만 행동하기는 쉽지 않다. 나 역시 여러 번 새벽에 일어나야겠다는 생각을 했지만 번번이 늦게 자는 습관 때문에 실천하기 어려웠다. 그러던 중 새롭게 나와 글로벌 비즈니스를 하게 된 사업 파트너 두 사람이 강남에서 하는 성공학 강의를 듣자는 제의를 해왔다. 내심으로는 별로 내키지 않고 자신도 없었지만 이 기회에 나 자신을 새벽형으로 바꾸어 보자는 생각에 함께 등록을 한 것이다.

이른 아침 서둘러 차비를 하고 현관문을 나서니 아직 주변이 어두웠다. 두 볼에 스치는 새벽공기는 차가웠지만 상큼하게 느껴졌다. 도로 위에는 가로등이 새벽길을 나서는 이들을 위해 아직 어둠을 밝히고 서있었다. 길가에는 떨어진 나뭇잎들이 찬 바람에 흩날리고 그것을 쓸어 모으는 청소부 아저씨의 바쁜 손 길이 오가고 있었다. 이른 새벽인데도 버스정류장에는 일찍 길을 나서는 이들이 옷깃을 세우고 삼삼오오 버스를 기다리고 있었다. 드디어 새벽 첫차가 오고 사람들은 "안녕하세요?" 하는 기사님의 정감 있는 인사에 화답하며 버스에 오른다. 버스 안에는 이미 먼저 타고 온 사람들이 아직 부족한 잠을 자느라 여념 없다. 차창 밖은 아직 희미하지만 동이 트고 있는 것이 보였다. 부지런하게 집을 나선 많은 차량과 사람들의 모습으로 새벽을 열어가고 있었다.

버스가 서울 사당역 지하철 입구에 도착하자 잠을 자던 사람들은 정신을 차리고 내리더니 너도나도 할 것 없이 지하철 입구로 잰걸음을 놓는다. 계단을 내려가려는데 나이든 할머니, 할아버지가 쪼그리고 앉아 연탄불에 가래떡을 굽고 있는 모습이 눈에 띄었다. 그 옆에는 또 다른 할머니 한 분이 양말을 팔고 있었다. 평소 자주 보던 분들이나 그렇게 새벽부터 팔고 있는지는 몰랐다. 눈이 오나 비가 오나 그 자리를 지키던 사람들이다. 순간 마음이 짠해졌다. 자식들의 봉양을 받아야 할 나이인데도 생업 때문에 저렇게 새벽부터 나와서 일하고 있었구나 하는 생각이 들었다. 지하상가들의 가게 주인 또한 이른 손님들을 맞이

하기 위해 곳곳에서 바쁜 일손을 움직이고 있었다.

어느새 지하철 플랫폼에도 사람들이 하나 둘 모이기 시작했다. 드디어 전동차가 오고 많은 사람들이 내리고 탔다. 지하철 안에는 생각보다 많은 사람들이 있었다. 잠을 자는 사람, 음악을 듣는 사람, 공부하는 사람 등 모두가 어디론가 가고 있었다. 도대체 저들은 모두 이 새벽에 어디로 가는 것일까 하는 생각이 들었다. 내가 평소 잠들어 있을 시간에 많은 사람들이 움직이고 있다는 사실에 놀라웠다. 그들을 바라보며 새삼 부끄럽다는 생각이 들었다. 학창시절에는 새벽에 일어나 공부도 하고 하루를 알차게 보냈다고 여겼건만 언제부터인가 나도 모르게 게을러져 버린 것 같았다.

잠시 후 강의장에 도착했다. 그곳에는 많은 사람들이 이미 자리를 메우고 있었고 이십대 젊은 친구들도 제법 있다는 사실에 깜짝 놀랐다. 아직 잠이 많은 나이임에도 불구하고 성공에 대한 기대로 자신을 바꾸고자 하는 결연한 의지를 엿볼 수 있었다. 그들 중에는 그 힘든 일을 벌써 몇 해 동안 해 온 이들도 있었다. 강사 역시 이른 새벽에 강의를 듣고자 모인 우리들에게 열정에 대한 찬사를 아끼지 않았다. 젊은 강사들의 강의는 다른 그 어느 강의보다 에너지가 넘쳤고 그곳에 모인 사람들의 눈빛은 뜨거운 열기로 가득했다.

비록 아침에 일찍 일어나는 것은 힘들었지만 새삼 많은 것을 깨닫게 하는 시간이 되었다. 하루를 성공하면 평생을 성공할 수가 있다고 한다.

새벽을 여는 많은 사람들.

미국 속담에 이런 말이 있다.

"The early bird catches the worm."

일찍 일어나는 새가 벌레를 잡는다.

\# 오십 프로

사람은 누구나 장단점이 있다. 잘하는 것이 있는 반면 못하는 것도 있기 마련이다. 겉으로는 무엇이든지 잘할 것 같은 사람도 신이 아닌 이상 어딘가 부족한 점 하나 정도는 있을 수 있다. 그것이 무엇이든 남의 눈에 쉽게 띄는 경우도 있지만 잘 살펴보지 않으면 알 수 없는 면도 있다.

나 역시 평소 업무면에서는 주위 사람들로부터 '똑 소리 나고 야무지다, 또는 카리스마가 있다.'라는 평을 자주 듣지만, 일상생활 속에서의 나는 중요한 소지품을 가끔 잃어버리거나 방향감각이 없어서 갔던 길을 되돌아올 때 헤매기가 한두 번이 아니다. 낯선 길은 당연하다지만 자주 다니는 길에서도 종종 실수를 하곤 한다. 특히 큰 빌딩에 있는 화장실은 입구가 양방향인 곳이 많다 보니 무심코 들어갔다가 나올 때 헷갈릴 때가 많다. 당연히 나의 생각이 맞을 거라고 여기며 나왔다가 반대 방향으로 나오는 바람에 건물 내부에서 한 바퀴 돈 적도 여러 번 있다. 지하철 역사도 마찬가지다. 출구번호를 정확히 모를 때는 그저 나의 감각만 믿고 갔다가는 낭패를 보기 마련이다. 하필이면 양방향 두 가지인데도 나의 감각은 항상 반대로 작용한다. 어떤 때는 버스나 지하철을 역방향으로 타는 바람에 약속시간에 늦어 허둥댄 경우도 여러 번 있다.

이런 나의 모습을 옆에서 지켜본 직장동료 A는 내게 '오십 프로'라는 별명을 지어 주었다. 두 가지 방향 중 한 가지를 선택하는데 어쩌면 꼭 그렇게 반대로만 가느냐는 것이다. 자신은 일부러 그렇게 하라고 해도 못 할 것이라며 웃곤 한다. 그런 나의 행동은 마치 아이들이 어릴 때 신발을 뒤바꿔 신는 것과 같다. 그럴 때마다 어린애 같은 나 자신이 창피하기도 하고 쑥스럽기도 하여 폭소를 터트리곤 한다.

얼마 전의 일이다. 최근 시력이 나빠진 듯해서 예전에 눈 수술을 받은 적이 있는 ○○안과를 예약하기 위해 전화를 걸었다. 간호사는 당일 예약이 안 되니 늦어도 오후 5시까지는 와야 된다고 했다. 마침 직장동료 A도 그쪽에 갈 일이 있다고 하여 함께 사무실을 나섰다. 병원이 인덕원역 근처라 1시간 정도 여유 있게 1호선 가산디지털역에서 출발했다.

금정역에서 4호선을 환승하기 위해 내렸을 때 갑자기 A가 내게 어느 플랫폼에서 타야 되는지를 물었다. 그 지역은 내가 자주 다니던 곳이었기 때문에 자신 있다는 듯 앞장을 섰다. 이정표를 보고 4호선 플랫폼으로 내려오자마자 전동차가 와서 우리는 생각할 틈도 없이 올라탔다. 두어 정거장쯤 왔을 때 갑자기 "이번 역은 안양역입니다."라는 안내 멘트가 들려왔다. 깜짝 놀라 밖을 보니 왔던 방향으로 다시 되돌아가고 있는 것이 아닌가! 4호선을 탄다는 것이 1호선을 또 탄 것이었다. 우리는 허겁

지겹 안양역에서 내렸다. 분명히 4호선 사당 방향이라는 이정표를 보고 플랫폼으로 내려왔는데 어찌된 영문인지 알 수가 없었다.

A는 그런 내게 "잘 안다고 해서 믿고 그냥 따랐더니 역시 오십 프로는 못 말려." 하며 웃었다. 할 수 없이 다시 금정행 지하철을 타기 위해 기다리고 있는데 또 하나의 전동차가 플랫폼으로 막 들어오고 있었다. 그런데 '병점 급행'이었다. A는 미심쩍은 듯이 '병점 급행'이 금정역에서 서느냐고 내게 물었다. 나는 당연히 금정역은 환승역이기 때문에 선다고 자신 있게 말했다. 전동차가 오자 우리는 얼른 올라탔다. 병점행은 처음이었지만 깨끗하고 사람도 별로 없었다. 우리는 두 정거장만 가면 되었기에 자리가 있어도 앉지 않고 서서 가기로 했다. 창밖을 보니 빠르게 스쳐가는 풍경들이 마치 기차 여행을 하는 것 같았다.

문득 한 개의 역이 길다고 느껴질 즈음, 지하철 역사를 빠른 속도로 그냥 지나가는 것이 이상하다고 여겨졌다. 그때 전광판에 '이번 역은 수원입니다.'라는 글씨가 보였다. 아뿔싸! 또 실수를 한 것이다. 병점 급행은 안양역 다음에 여덟 정거장을 단숨에 지나 수원역까지 쉬지 않고 오는 지하철이라는 것을 누가 알았으랴! 확인도 안하고 내 생각만 믿고 행동한 결과였다. 허둥지둥 놀라 급하게 내리자 A는 내게 "오십 프로를 믿고 물어본 내가 잘못이지." 하며 또 한 번 폭소를 터트렸다. 다른 사람 같으면 짜증이라도 한 번 낼 법도 하련만 성격 좋은 A는 어리둥절하는 내 모습이 오히려 재미있다며 웃기만 했다.

수원역에는 많은 학생들이 수업을 마치고 귀가하느라 마치 데모군중 같았다. 어쩔 수 없이 우리는 다시 금정행 지하철을 타고 오면서 이제는 정신을 바짝 차려야겠다고 생각했다. 시간을 보니 병원 접수시간에 늦을 것 같아 한편으로 은근히 걱정이 되기도 했다.

드디어 금정역에 내렸을 때 좀전에 왜 역방향으로 탔었는지를 자세히 살펴보았다. 그곳은 의외로 같은 플랫폼에서 양방향으로 한쪽은 1호선, 또 한쪽은 4호선이 지나간다는 것을 알았다. 나의 방향 감각이 또 반대로 작용하는 바람에 그와 같은 해프닝이 일어난 것이다. 늦었지만 마지막 진료를 무사히 마칠 수 있었다는 것은 그나마 다행한 일이었다.

돌아오는 동안 도대체 내가 왜 그런가를 곰곰이 생각해 보았다. 그것은 바로 늘 사색하는 습관과 관찰력의 차이 때문인 것 같다. 평소 길을 걸을 때 무언가 생각을 골똘히 하는 습관이 있어 주변의 것을 잘 살펴보지 않는 경향이 있다. 어떤 때는 평소 잘 아는 사람이나 가족이 눈앞에 다가와도 모를 때가 있어 모른 척한다고 오해를 받기도 한다.

A가 처음 내게 '오십 프로'라고 말했을 때 조금은 멋쩍었지만 여러 번 듣다 보니 어느새 친숙한 단어가 되어버렸다. 오십 프로가 어딘가! 그 이하도 얼마든지 많은데, 인생에 있어서 그 정도라면 도전해 볼 만하지 않을까? 무언가를 선택할 때 오십 프로의 확률이 있다면 안 하는 것보다는 훨씬 낫다고 생각한다. 잘못되면 다시 해보면 되지만 해보지도 않고 미리 포기하면 '0'의 확률이니 얻을 것이 하나도 없다.

세상에 완벽한 것은 없는 것 같다. 특히 인간은 하나씩 부족한 것이 있기에 서로 기대며 산다.

나도 누군가의 50퍼센트는 될 수 있으니 그게 어디냐!

\# 무심無心

무더위가 끝나갈 무렵 이사를 하게 되었다. 살던 집을 옮긴 다는 것은 일상의 큰 변화를 의미한다. 살던 이가 떠나고 다른 누군가가 다시 그곳을 와서 채우는 것은 이 또한 자연스러운 이치일 것이다.

이사하기에 앞서 먼저 해야 할 일은 안 쓰는 물건들을 버리는 일이다. 예전에 멋모르고 이삿짐센터만 믿고 이사했다가 기껏 힘들게 가져간 물건들을 버리느라 힘들었기 때문이다. 그러한 이유로 이사를 할 때마다 한 번씩 집안 대정리를 하게 된다. 이번에도 마찬가지다.

먼저 책장 정리를 하기로 했다. 이전에 이삿짐센터 사람이 잘못 정리하는 바람에 책장이 엉망진창 되어버렸기 때문이다. 책장에는 서적뿐만 아니라 오래된 서류철도 많이 있었다. 그동안 몇 번의 이사할 기회가 있었지만 언젠가 필요할지 몰라서 서류들은 함부로 버리지 않은 것이다. 책은 그냥 빼내면 되지만 서류철은 일일이 검수해서 개인 인적은 없애버리려니 정리하는데 더 많은 시간이 걸렸다.

각종 서류철에는 개인과 가족의 역사가 숨어있다. 여러 가지 증명서 및 영수증이 그간의 내 삶을 보여주고 있었다. 그중에는 딸의 출생신고서도 있다. 기념으로 원본과 똑같이 한 장을 작성해 보관해 놓은 것이다. 삼십여 년이 흘러 종이는 누렇게 퇴색했어도 펜으로 쓴 검은 잉크는 그대로 변함이 없었다. 순간 반가우면서도 신기하다는 생각이 들었다. 딸이 바로 얼마 전 결혼 2년 만에 첫딸을 낳고 출생신고를 마친 지 얼마 되지 않았기 때문이다. 서류를 들여다보면서 딸을 낳았을 때가 생각났다. 당시 친정에 들렀다가 갑자기 양수가 터지는 바람에 병원으로 곧바로 가서 여섯 시간 만에 딸을 출산하고 다음날 남편이 출생신고를 한 것이다.

그 서류철에는 그 외에도 딸의 생후 7개월에서 3세까지의 사진들도 여러 장 함께 있었다. 그 사진을 보니 지금의 손녀딸과 모습이 아주 흡사하다. 모전여전母傳女傳이라더니 참으로 신기하다는 생각이 들었다. 잠시 나의 머릿속에는 딸을 키우면서 일어났던 많은 일이 떠올랐다. 태어난 지 며칠 안 되어 황달기가 있어 나만 퇴원했던 일, 생후 2주 만에 일 때문에 모유를 끊었더니 우유를 안 먹겠다고 여러 날 동안 울었던 일, 밤새 열이 펄펄 나서 밤을 새워 기도하던 일, 세 살 때 슈퍼에서 계산하는 동안 사라져 당황했던 일, 네 살 무렵 여름휴가 때 바닷가에서 아이가 사라져 놀라 찾아다닌 일 등…. 아직도 그때의 일들이 어제 일 같건만 어느새 그 딸이 어엿한 엄마가 되어 예전의 나의 모습을 보는 듯하다.

책장 정리를 끝내고 장롱 속을 열자 입지도 못한 옷들이 여러 벌 눈에 띄었다. 해마다 옷 한 벌을 사면 한 개는 버려야 한다고 생각했건만 막상 버리려고 하면 아까운 것 같아 미처 버리지 못한 것이다. 그런 옷들은 대부분이 눈으로 직접 보고 산 것들이 아니라 가끔 홈쇼핑을 보다가 즉흥적으로 산 경우다. 어떤 옷들은 마음에 안 들어도 방송용으로 소장하고 있는 것도 있다. 그것은 방송강의를 하려면 다양한 옷들이 필요할 때가 있기 때문이다. 그러나 반대로 십여 년이 지나도 항상 변함이 없는 옷들도 있다. 그것들은 대부분 검은색의 옷들로 예전 내 단골 가게 패션 옷들이다. 언제 입어도 편하고 색상이 변함이 없어 내가 즐겨 입는다.

옷장 속을 꽉 채우던 옷들을 하나하나 정리하면서 입지도 않고 지나는 것들을 빼내었다. 그것은 창고 속 물건들도 마찬가지다. 세월 속에서 시간만 보낸 아직도 쓸 만한 것들이 꽤 있었다. 안 쓰는 물건들을 가져간다는 사람을 불렀더니 저울로 잠시 달더니 몇천 원을 내게 내민다. 어디로 가져가느냐고 물어보니 사용할 수 있는 것들은 베트남에 판다고 한다. 내게는 필요 없지만, 누군가에게 다시 요긴하게 쓰여 질 수 있다니 그나마 다행이다.

그동안 쌓여 있던 많은 것들을 정리하고 나니 훨씬 집안이 깔끔해진 듯하다. 왜 진작 버릴 생각을 못 하고 끼고 살았는지 싶다. 모든 것이 욕심 때문이라는 생각이 들었다.

법정 스님의 말씀 중에 빈 마음 즉, 무심無心이라는 글이 생각난다. '빈 마음'은 우리의 본마음으로 무엇인가 채워져 있으면 본마음이 아니라는 것이다. 텅 비워야 울림이 있고 삶이 신선하고 활기가 있다고 한다. 대부분의 악기도 속이 비어있을 때 아름다운 소리가 난다.

우리의 몸도 너무 많은 음식을 먹으면 오히려 독이 되어 병이 나기도 한다. 때로는 장을 비워야 해독이 되듯이 몸도 마음도 비우는 연습이 필요한 것 같다. 욕심을 내려놓을 때 비로소 마음이 평화롭고 진정한 행복도 찾아오리라.

제비집

어느 봄날, 과천의 주택가에 사는 부모님 댁에 갔을 때의 일이다. 현관문을 열고 들어가자 새소리가 요란했다. 거실에 앉아계시던 친정어머니께 웬 소리냐고 묻자 흐뭇한 표정으로 베란다 쪽을 가리키신다. 얼른 내다보니 거실 밖 지붕 처마 밑에 두 마리의 제비가 열심히 오가며 집을 짓고 있는 것이 아닌가!

요즘 세상에 제비가 집을 짓는 것을 보기란 그리 쉬운 일이 아니다. 이렇게 코앞에서 보게 되다니 정말 신기한 광경이 아닐 수 없었다.

그런데 이상한 일은 한 곳에 집을 짓는 것이 아니라 일직선으로 여기저기 진흙과 지푸라기를 붙여놓고 있는 것이었다. 의아한 나머지 옆에 계시던 친정아버지께 왜 제비가 저렇게 지저분하게 아무데나 진흙을 붙이는가를 물었더니, 어느 곳에 진흙이 더 잘 붙는가를 테스트하는 것이란다. 깜짝 놀랐다. 어떻게 그 조그만 새의 머리로 그런 생각을 할 수 있는지 어리석은 사람보다 훨씬 낫다는 생각이 들었다.

아버지는 베란다의 열린 문을 통해 들어와 새 보금자리로 정한 것 같다며, 제비들이 처마밑에 집을 짓는 것을 오히려 좋아하셨다. 아마도 친정집 주변이 청계산과 관악산 자락을 끼고 옆에는 맑은 양재천이 흐르고 있어 먹이가 풍부한 환경이기 때문이리라.

며칠 후, 친정집에 들렀을 때 제비집이 궁금해 살짝 들여다보니 알이 다섯 개나 놓여있는 것이 보였다. 부모님은 그들이 쉽게 드나들 수 있도록 언제나 베란다 창문을 열어 놓는 것을 잊지 않았고 혹여 알을 품고 있는 제비가 놀랄까 싶어 베란다에 드나드는 것도 조심하곤 했다.

얼마 후 다시 친정집을 찾았을 때는 부화된 어린 새끼 제비들의 조잘거림으로 집안이 더욱 시끄러웠다. 그러나 평소 몸이 불편한 탓에 매일 혼자서 집을 지켜야만 했던 친정어머니에게는 그 소리조차 하나의 즐거움이었다. 새끼 제비들은 어미가 물어오는 먹이를 서로 달라고 입을 벌리며 더욱 시끄럽게 짹짹거렸다. 어느 정도 자라자 어미 새는 새끼들에게 어설픈 비행연습을 시키기 시작했다. 그렇다. 나 역시 저런 시절이 있었다. 부모님 품안에서 세상을 배우지 않았던가. 그들을 지켜보며 나의 어린 시절이 문득 떠올랐다.

초등학교 저학년 무렵, 우리 집은 서울 외곽에 있었다. 학교에 가려면 작은 산을 넘고 개울을 건너 내 걸음으로 약 두 시간 넘게 걸어가야만 했다. 요즘 아이들 같으면 힘들다고 전학을 보내달라고 했을 만한 먼 거리였지만 언니, 남동생과 함께 다닐 수 있기에 좋았다. 학교를 오가는 길에서는 예쁜 들꽃과 이름 모를 산새들을 만날 수 있었고 가끔 친구들과 남의 밭의 과일이

나 무를 서리해 먹기도 했다. 아이들은 산밑에서 뽑기 장수 아저씨의 재빠른 손놀림을 구경하며 군침을 삼키기도 했다. 학교를 오가는 길은 당시 어린 나에게는 즐거운 일 중의 하나였다. 그러나 여름 장맛비가 온다거나 폭설이 내리기라도 하는 날에는 산과 개울이 있는 그 길을 다른 곳으로 더 멀리 돌아가야만 했다.

어느 여름날, 학교에서 공부를 하던 중 갑자기 폭우가 쏟아졌다. 미처 우산을 챙기지 못한 아이들은 저마다 어찌 집에 가야 할지 걱정 어린 눈빛으로 창밖을 내다보고 있었다. 수업이 끝나고 돌아가야 할 시간이 되었을 때 헐레벌떡 뛰어오는 어머니의 모습이 눈에 들어왔다. 어머니의 몸은 비로 흠뻑 젖어 있었고 손에는 우산 세 개가 들려 있었다. 우리 삼남매가 걱정되어 그 먼 길을 쉬지 않고 달려오느라 불어난 개울물에 휩쓸릴 뻔했다고 한다. 그 후에도 어머니는 우리들 때문에 여러 차례 학교로 달려오시곤 했다. 시간의 강물은 저 새끼 제비처럼 나를 열심히 먹이고 기르시던 어머니를 어느새 힘없는 노인으로 만들어 버렸다.

여름이 끝나갈 무렵, 제비 가족은 어머니와 빈집만 남겨놓고 강남으로 가버렸다. 재잘대던 제비 가족이 떠나간 자리에는 허전함이 감돌았다. 내년에도 그들이 다시 또 찾아올까?

원래 제비는 까마귀와 더불어 보은을 하는 새로 잘 알려져 있다. 그러나 오늘날에는 환경이 나빠져서 제비가 멸종 위기에 처해 있다고 한다. 어머니께 내년에는 강남 갔던 제비가 박씨 하나 물고 올 것이라며 두 손을 꼬옥 잡아드리니 어머니의 표정이 밝아졌다. 어머니가 좋아하시는 제비가 돌아올 새봄이 기다려진다.

인연

인터넷이 발달되면서 글로벌 포털 사이트가 나날이 늘어나고 있다. 많은 사람이 그곳을 통해 새로운 친구를 사귀고 인연의 폭을 넓혀가고 있다.

나 역시 얼마 전, 모 유명 포털 사이트에서 외국 친구 몇몇을 알게 되었다. 예전에 회원 가입만 하고 바빠서 별로 활동하지 못했던 곳이다. 최근 글로벌 온라인 비즈니스를 하게 되면서 외국에 다양한 친구를 알아두면 좋을 것 같다는 생각에 다시 찾게 된 것이다.

사이트를 들어가 보니 모르는 많은 사람이 내게 친구 요청을 하고 나의 수락을 기다리고 있었다. 가끔 이메일을 통해 친구 요청이 왔다는 것은 알았지만 백오십여 명이나 되는 사람들이 기다리는 줄은 몰랐다. 그중에는 전혀 알 수도 없는 다양한 국적의 사람들도 많았다.

어떤 사람들인지 하나씩 프로필을 살펴보기 시작했다. 본인 소개를 제대로 한 사람들만 엄선하여 수락해 주었다. 그들은 미국, 홍콩, 베트남, 스웨덴 등 국적도 다양하고 생김새, 나이, 하는 일 모두가 달랐다. 한마디로 지구촌 시대를 느낄 수 있었다. 그들과는 주로 영어나 한국어를 사용했다. 예전 같으면 국적이 다른 사람들과 소통한다는 것이 그리 쉬운 일은 아니었다.

그런데 몇몇 사람들은 각각 소속 국가와 하는 일도 다르다고 생각해서 수락했건만 우연히도 같은 지역에 있는 미군들이었다. 그들은 무척 부지런하고 늘 깨어있었다. 내가 잠들기 전이나 아침에 일어나기 전 꼭 안부 메시지를 먼저 남겨놓곤 했다. 그들의 메시지들이 가끔은 나를 당황스럽게 하기도 했다. 처음에는 적응이 안 되어 메시지를 끊었다가 계속되는 요청에 다시 몇몇 사람들과 소통을 했다. 나중에 알고 보니 그들이 잘 사용하는 용어에 대해 번역기가 너무 이상하게 번역을 해서 그랬다는 것을 알아차렸다. 또한 영어는 존칭어가 없다 보니 번역기가 있는 그대로 만들어내는 문장에 내가 놀라기도 했던 것 같다. 나의 일상이 너무 바쁘다 보면 미처 답장을 못 해도 그들은 나를 기다려 주었다.

문득 나의 학창시절 외국 친구들과 펜팔을 했던 기억이 난다. 그때는 영어공부를 하기 위해 다국적 친구와 영어로 일주일에 한 번씩 편지를 주고받았다. 당시 동네 우체국에서는 해외로 우편을 보낼 수 없어서 서울의 중앙우체국까지 일부러 가야만 했다. 매일 우체부 아저씨를 기다리는 것은 나의 큰 즐거움이었고 펜팔을 통해 미국, 태국, 중국, 뉴질랜드 등 다양한 친구들을 만날 수 있었다. 여자 친구도 있었고 남자 친구들도 있었다. 서로의 사진을 편지와 함께 주고받으며 우정을 나누었다. 중학교 1학년 여름방학부터 시작한 펜팔은 내가 대학입시 준비로 인해 고등학교 3학년이 되면서 그만두게 되었다.

다양한 필체로 주고받은 손편지에는 그 사람의 향기가 숨어 있었다. 예쁜 편지지에 마음을 담은 편지는 때로는 비행기를 타고 때로는 여객선을 타고 서로에게 전해졌다. 비행기는 우편 요금이 비싸지만, 일주일이면 도착했고 배는 우편 요금이 훨씬 싸서 좋았지만 도착하는 데 2주일이나 걸렸다.

그러나 지금은 인터넷이 발달되면서 손편지가 사라진 지 오래다. 가장 좋은 것은 글을 쓰면 즉시 서로 소통이 된다는 것이다. 서로의 언어를 몰라도 최신 번역기가 잘되어 있어서 소식을 전하는 데 전혀 지장이 없다.

하지만 한 가지 걱정은 세상에는 좋은 사람들도 많지만 나쁜 사람들도 있다는 것이다. 사이버 세상에서는 거짓으로 자신을 위장하고 남을 속이는 사람도 있기 때문이다. 인터넷이나 SNS 를 통해 사기행각을 해서 피해를 주는 사례가 뉴스에 나올 때가 종종 있다. 그러다 보니 많은 사람이 서로를 믿지 못해 먼저 의심부터 할 때도 있다. 하지만 때로는 인터넷이 우리에게 특별한 인연을 만들어 주기도 한다.

얼마 전에는 인터넷 뉴스에서 훈훈한 감동의 사연을 읽었다. 페이스북의 SNS 덕분에 오십 년 만에 재회를 한 사랑의 커플 이야기였다. 남자는 미국 사람으로 73세, 여성은 베트남 국적의

67세였다. 베트남전이 끝나갈 무렵 20대였던 한 미군과 사병 클럽에서 만난 예쁜 베트남 여성이 첫눈에 반해 서로 사랑에 빠졌다. 하지만 그들의 사랑은 그리 오래가지 못했다. 남자가 그해 9월 미국으로 돌아가며 헤어지게 된 것이다. 함께 가자는 남자의 요청을 가족 때문에 따라가지 못했던 그녀는 미군과 몇 년 동안 편지로 사랑을 나누었지만 그나마 여자의 가족들이 편지를 태워버리는 바람에 영영 못 만나게 되었다. 여자의 자세한 신원을 몰라 그녀를 찾을 수 없었던 미군은 결혼했고 그녀 역시 다른 사람과 결혼을 하게 되었다.

어느 날 70대가 된 미군은 부인과 헤어진 후 늘 마음 한쪽에 남아있던 첫사랑의 여인을 찾아보고 싶었다. 베트남에 있는 지인을 통해 알아봐달라고 부탁하자 그는 페이스북을 통해 미군과 베트남 여성의 사연과 사진을 올렸고, 즉시 그녀로부터 연락이 왔다. 둘 다 공교롭게도 서로 배우자와 헤어진 상태였고 베트남의 호치민 공항으로 즉시 달려온 두 사람은 극적인 상봉을 했다. 그들의 사연은 신문이나 인터넷 뉴스에 올랐다. 사진을 보니 이십 대 초반의 잘생긴 남자와 예쁜 젊은 여성의 모습이 어느새 백발의 노인이 되어있었다. 그들의 모습을 보면서 안타까운 생각이 들었다.

내가 그녀라도 같은 결정을 했을 것 같다. 하지만 지금 누군가 그런 상황이라면 사랑하는 사람을 놓치지 말고 따라가라고 하고 싶다. 인연도 흐르는 강물과 같아 좋은 사람이나 기회를 놓치면 다시는 만나기가 어렵기 때문이다.

인연도 운명일까?

추억의 공원

어느새 조석으로 찬바람이 느껴진다. 길가에는 은행잎들이 바람에 떨어져 뒹굴고 있다. 왠지 모르게 마음이 허전하다. 이럴 때 찾고 싶은 곳이 있다. 안양예술공원은 언제 찾아가도 나를 반긴다. 맑은 공기에 볼거리, 먹을거리가 풍부하기도 하지만 무엇보다도 그곳에는 내 어린 시절의 향수가 서려 있다. 지난 주말 바쁜 일상을 떠나 친구와 함께 모처럼 안양예술공원을 찾았다. 그곳에는 마침 휴일이라 가을 산을 찾는 등산객들로 붐비고 있었다. 나 역시 예전에는 그들처럼 산행을 하기 위해 오가던 곳이다. 예술공원 길목에 들어서자 길가의 가로수들이 형형색색의 털옷을 입고 서있었다. 예전 같으면 추운 겨울을 대비해 멋없는 새끼줄로 칭칭 감아 놓았을 터인데 세상이 달라진 탓일까, 예쁜 자수를 놓은 털옷을 둘러 입혀놓은 것이 보는 이들의 마음을 동심으로 바꿔놓는다. 나도 모르게 입가에 환한 웃음과 함께 '와!' 하는 탄성이 절로 나왔다. 마치 어린아이가 신기한 것을 처음 본 것처럼 여기저기 나무들을 살펴보며 사진 찍기에 여념이 없었다. 한쪽 길 아래에는 맑은 개울물이 경쾌한 소리를 내며 흘러가고 물속에는 작은 물고기들이 바삐 움직인다. 물위에는 청둥오리 한 쌍이 유유히 헤엄치면서 그들 나름의 언어로 도란거린다. 크고 작은 둥글둥글한 바위들이 지난 세월 수많은 사람들의 이야기를 무언으로 말해주고 있다. 그동안 얼마나 많은 사람들이 저곳을 다녀갔을까! 순간 지나간 옛 추억들이 떠올랐다. 초등학교 저학년 시절, 여름방학을 맞아 모처럼 가족끼리 물놀이를 왔던 적이 있다. 당시 삼십대 중반이던 부모님은 우리 사남매를 데리고 무더위를 피해 근처 물가를 찾았던 것이다. 그 때는 어린 동생들과 튜브를 가지고 하루 종일 물놀이를 하느라 시간 가는 줄 몰랐다. 행복한 순간을 기념하기 위해 올망졸망한 아이들과 함께 찍었던 가족사진은 아직도 낡은 사진 첩 속에서 작은 흑백 사진 한 장으로 남아있다. 사진 속 젊은 부모님은 어느새 팔순노모가 되었고 당시 철없는 꼬마들은 어느덧 모두 중년이 되어버렸다. 그 후 여고시절 또 한 번 예술공원을 찾은 적이 있다.

어느 여름 날, 같은 걸스카우트 대원이었던 친구로부터 다른 학교 학생들과 중요한 모임이 있다며 빨리 오라고 전화가 왔다. 만남의 장소는 예술공원 안쪽에 있는 보트장이었다. 당시 그곳에는 사람들이 작은 보트를 탈 만큼 물이 많았다. 걸스카우트 모임인 줄 알고 나갔는데 알고 보니 명문으로 알려진 K 고등학교 보이스카우트 학생들과의 만남이었다. 팀장으로 보이는 한 친구가 어리둥절해 하는 나에게 작은 쪽지 하나를 내밀었다. 같은 번호를 가진 남녀 친구끼리 짝을 지어 주며 한 쌍씩 보트를 타라는 것이다. 요즘의 '번개팅'이었다. 나와 짝이 된 친구는 누가 보아도 모범생처럼 인물이 반듯하게 생긴 친구였다. 학교에서 반장을 한다고 했다. 남녀 친구들이 모두 스카우트 단복을 입고 보트를 타고 있어서인지 지나가는 행락객들의 시선을 끌었다. 행여 아는 사람이라도 만날까 싶어 마음이 내심 불편해지기 시작했다. 우리는 다른 친구들처럼 노를 천천히 저으며 어색한 주변 이야기들을 했다. 보트를 타고 나니 슬슬 허기가 느껴졌다. 우리 일행은 근처 중국집에서 각각 한 쌍씩 자장면을 시켜서 둘만의 이야기를 이어갔다. 그 친구도 오늘의 갑작스런 만남이 어색했던지 얼굴색이 점점 홍조를 띠었다. 헤어질 시간이 되자 그는 내게 자신의 이름과 집 전화번호가 적힌 쪽지를 조심스레 건네주었다. 집에 돌아오자 주머니에 넣어 둔 그 쪽지는 어디론가 사라져버리고 찾을 수가 없었다. 그날의 짧은 인연은 그렇게 여름날의 무지개처럼 세월 속에 스며들어버렸다. 그래서일까? 안양예술공원을 가면 그 시절의 향수와 함께 마음이 편안해진다. 가끔 머리를 식히고 싶을 때 찾아가다 보니 단골식당도 하나 생겼다. 초가집처럼 생긴 작은 음식점 지붕 아래 동그란 등을 달아놓은 것이 정겹게 느껴진다. 그곳의 생두부와 김치, 동동주, 칼국수 맛은 일품이라 한 번 맛을 본 사람들은 그곳을 다시 찾는 듯하다. 착한 가격에 맛도 좋으니 언제나 손님들로 문전성시를 이룬다. 예술공원의 길목에는 부모님 손을 잡고 올망졸망 걸어가는 아이들의 모습이 마냥 행복해 보인다. 그 때 그 시절 내 모습을 보는 듯하다. 때가 되면 저 아이들도 어른이 되어 나처럼 다시 이곳을 찾을 것이다. 바람이 불자 가을 단풍잎들이 개울가로 우수수 떨어진다. 단풍잎 배를 실은 맑은 물도 쉼 없이 어디론가 바삐 흘러가는 것이, 한번 가면 돌아올 수 없는 우리 인생길 같다. 누가 인생을 사계절로 비유했던가! 흘러가는 세월 속에 봄에 피는 꽃봉오리 같던 아이들이 어느새 뜨거운 여름을 지나 풍성한 가을을 맞이하고 있다. 나도 그 속에 함께 서 있다.

\# 버킷리스트

해마다 새해 아침이면 사람들은 한 해의 계획을 세운다. 나 역시 매년 찾아오는 새 아침에 이런저런 계획을 세웠지만, 생각대로 지켜진 경우는 드물다. 그래도 새해 아침이면 새로운 다짐을 하며 희망으로 또 설레곤 한다.

몇 해 전 새해 아침, 좀 특별한 계획을 세우기로 했다. 내 남은 삶을 위해 버킷리스트를 작성하기로 한 것이다. 내가 이런 결심을 한 데에는 그럴 만한 계기가 있었다.

언젠가 한 세미나장에서 30대 초반의 젊은 여강사로부터 꿈에 대한 강의를 듣게 된 것이다. 어린 시절, 가난과 왕따, 가출 등의 문제를 겪으면서도, 여고 때는 골든벨을 울리고, 연세대학교에 진학 후 외국 투자회사인 골드만삭스에 취직하는 등 인간 승리의 스토리를 써 내려간 주인공이다. 25세에는 암 선고를 받는 절망적인 상황에서도 모든 것을 자포자기하는 대신 오히려 '버킷리스트'를 작성함으로써 자신의 운명을 바꿨다는 것이다.

죽기 전에 하고 싶은 일 73가지의 목록을 작성한 후, 극적으로 암을 극복한 그녀는 오히려 버킷리스트를 추가해 세계를 무대로 많은 이들에게 꿈을 전하는 희망의 전도사로 활동 중이다. 아부다비 사막 건너기, 에베레스트 산 오르기, 영화 및 방송에 출연하기 등 세계 70여 개국을 여행하며 365명의 꿈을 취재하기도 한 그녀는 누가 보아도 당당하고 멋진 한국의 딸이다.

그녀의 이야기를 듣는 동안 내 살아온 삶을 다시 돌아보게 되었다. 나 역시 그녀 못지않게 열심히 살아왔다고 자부했건만 그녀에 비하면 작은 성취에 불과하다는 생각이 들었다. 그녀는 나보다 젊은 나이임에도 불구하고 나이든 어른조차 꿈꿀 수 없는 수많은 일을 자신의 버킷리스트를 통해 이룬 것이다.

원래 버킷리스트는 할리우드 최고의 배우인 모건 프리먼과 잭 니콜슨이 출연한 영화 <버킷리스트: 죽기 전에 꼭 하고 싶은 것들>을 통해 알려진 용어로 일종의 '인생 계획, 죽기 전에 꼭 해보고 싶은 일과 보고 싶은 것들을 적은 목록'을 가리킨다. 2007년 미국에서 제작된 이 영화는 죽어가는 한 인물의 버킷리스트 실천 이야기다. 자동차 정비사 카터(모건 프리먼)는 괴짜 재벌 사업가인 에드워드(잭 니콜슨)와 우연히 같은 병실에 입원하며 인연을 맺고 둘은 죽기 전 꼭 하고 싶은 것들을 적어 내려간다.

결국 이들은 병실을 뛰쳐나가 버킷리스트를 하나씩 실천하게 된다. 스카이다이빙을 하고 셸비 무스탕을 운전하며, 북극 비행과 프랑스 레스토랑에서의 저녁식사, 아프리카 사파리 여행 및 중국 만리장성에서의 오토바이 운전 등 세계를 여행한다. 마침내 카터는 건강이 악화되어 수술 중 죽게 되면서 에드워드에게 남은 항목들을 마저 끝내라고 유언하고 에드워드는 평생 버킷리스트를 실천하게 된다. 이 영화를 보는 사람은 누구나 한 번쯤 자신만의 버킷리스트를 쓰고 싶은 욕구를 느꼈을 것이다. 나 또한 그랬다.

그러나 생각만 하고 몇 해를 보내다가 한 번쯤은 제대로 쓰고 싶다는 생각이 들어 나름대로 양식을 만들어 새해 첫날 아침부터 찬찬히 써 내려갔다. 예전에는 나만을 위한 성취목표였다면 이번에는 나의 주변 사람, 지역 사회까지 나의 버킷리스트에 올린 것이다. 처음에는 몇 가지밖에 떠오르지 않던 것이 쓰다 보니 어느새 80여 개나 되어 스스로 놀랐다. 제일 먼저 양가 부모님 각각 용돈 드리기, 특히 몸이 불편해 혼자서는 나가지도 못하는 친정어머니를 모시고 전국 여행하기, 유럽 여행하기, 꿈 나무장학재단 만들기, 아르헨티나 탱고 및 살사공연 해보기, 수필집 3권, 동시집 출간하기, 드림 문화예술관 만들기, 세계여행 100개국 도전하기 등 예전에는 생각지도 못한 꿈들이 샘물처럼 쏟아져 나왔다.

버킷리스트를 써 내려가는 동안 마음은 어느새 풍선처럼 부풀어 올랐다. 하지만 중요한 것은 실천이다.

5부

빛바랜 사진첩

\# 빛바랜 사진첩

우리는 살아가면서 무언가 자신의 흔적을 남기기 위해 사진이나 동영상을 찍곤 한다. 예전에는 필름을 넣어야 하는 아날로그 방식이라 사진기도 크고 촬영 후 인화하는 데 비용도 많이 들었지만 디지털 시대로 넘어오면서 누구나 손쉽게 어디서나 촬영이 용이하고 마음대로 편집하기 쉬워지면서 전문 사진사가 필요 없을 정도이다. 특히 셀카를 즐기려는 사람들이 점 점 늘어나면서 약삭빠른 기업에서는 혼자 셀폰으로 찍을 수 있는 작대기 같은 도구까지 선보여 많은 사람들의 구매의욕을 부추기고 있다. 이러한 현상은 비단 젊은이들뿐만 아니라 어느새 어린이, 중장년층까지 확산되고 있는 것이 세계적인 추세이기도 하다. 그만큼 사람들은 멈추어진 순간들을 스스로 영원히 간직하고 싶기 때문이리라. 그렇게 만들어진 사진이나 영상들은 대부분이 자신들의 삶 속에서 행복했던 작은 조각들이다.

몇 해 전, 아는 분으로부터 언니와 형부의 성공 스토리를 영상, 제작한다며 어린 시절부터 성장기 사진을 보내달라는 요청을 받았다. 언니와 형부는 글로벌 모 기업에서 제법 성공한 사람 중 하나다. 최근 두 사람을 위한 큰 축하식을 앞두고 깜짝이벤트 때 보여줄 영상이라는 것이다.

새삼 잊고 지내던 앨범을 살펴보기 위해 오랫동안 책장 한편에 쌓여있던 앨범을 꺼내기 시작했다. 작은 사진첩부터 큰 앨범까지 빛바랜 앨범 속의 다양한 사진들이 하나씩 얼굴을 드러냈다. 앨범을 드는 순간 사진첩 갈피에서 와르르 작은 사진들이 쏟아진다. 한때 심심할 때마다 들여다보던 나의 소중한 추억의 사진들이다. 앨범들이 너무 오래되어 낡은 탓에 겉표지는 너덜너덜 찢어질 듯하고 사진을 부착했던 속 비닐들은 흡착력이 없어져 떨어진 것이다. 어느 것 하나 성한 앨범이 없었다. 한때는 예쁘다고 직접 문구점에서 골라 샀던 앨범들이었건만 왠지 마음이 짠하게 느껴졌다. 그 속에 부착되어 있던 사진들 역시 마찬가지였다. 잘 보관한다고 끼워놓았건만 퇴색해 버린 것이 세월 앞에는 어찌할 수 없나 보다.

언니의 흔적을 찾으려고 열어 본 앨범을 보다가 나는 초기의 목적을 잊어버리고 추억의 사진들에 흠뻑 빠져들고 말았다. 그곳에는 나의 어린 시절부터 중·고등 학창시절을 비롯하여 대학 이후 인생의 전반기를 달려 온 나의 모습들이 곳곳에 숨어 있었다.

사진의 크기와 종류도 다양했다. 그중에는 흑백 사진도 있고 전체 모습을 담은 것임에도 불구하고 크기가 지금의 반명함 사진만 해서 지갑 속에 넣고 다니면 좋을 만한 것도 있었다. 사진을 보는 동안 잊고 지내던 많은 얼굴들이 주마등처럼 떠올랐다. 사진 속에서 웃고 있는 친구들은 지금 어디서 무엇을 하고 있을까? 그들 중에는 짧은 인연으로 이미 세상을 달리한 사람도 있었다.

사진을 살펴보던 중 작은 흑백사진 한 장이 유독 눈길을 끌었다. 세 살쯤 된 남자아이가 혼자 화단 앞에서 자기도 데려가 달라는 듯 울먹이는 표정으로 서있는 모습이었다. 유일하게 남아 있는 내 어릴 적 모습이다. 친정어머니 말로는 모처럼 사진을 찍어주려고 세워놓았더니 엄마와 떨어지기 싫어 놀라 우는 거라고 했다. 누가 보아도 사진 속 아이는 여자라기보다는 남아 같았다.

사춘기 시절, 어머니 사진 첩에 들어 있던 내 사진을 보다가 예쁜 아기 때 모습을 상상했던 내가 왜 여자아이를 남자애처럼 머리와 복장을 그리해 놓았느냐고 따져 물으니 엄마의 대답은 아기 때부터 머리의 숱이 너무 없는 바람에 남자애 같아 치마가 어울리지 않아 도저히 입힐 수 없었다는 것이다. 그래서 주변의 어른들이 남동생을 보려나 했다는 것이다. 그래서일까. 진짜 내게는 위로 언니 한 명에 남동생이 둘이나 있다. 세 살 이후 사진 속 나의 모습은 점점 여성스러운 모습으로 바뀌어 어릴 적 언제 그런 적이 있었는가 하게 변해 갔다. 그런데 이상한 일은 이것도 유전적인 현상인지 내 하나밖에 없는 딸애 역시 태어날 때부터 나와 비슷했다. 유난히 머리숱도 없어서 세 살 때까지 예쁜 모자로 머리를 감추고 다닐 정도였다. 신기한 것은 그 아이를 낳기 전 우연히 한 점집에서 만난 어느 보살의 예언이 맞은 것이었다. 그녀는 딸을 임신한 지 육 개월쯤 된 나를 보며 "아이를 낳으면 딸을 놓을 텐데 아이가 남상을 했구먼." 하는 것이었다.

당시 내 생각에 왠지 아들을 낳을 것 같아 남자이름까지 지어 놓았던 터라 내심 서운했는데 그녀 말대로 남상인 딸을 낳았는데 역시 세 살이 지나자 내가 그랬던 것처럼 차츰 요조숙녀의 모습으로 바뀌어 갔다.

또 하나의 흑백 사진이 눈에 띄었다. 어머니의 젊은 시절 독사진이다. 사진 속 어머니는 지금과는 달리 날씬하고 단아한 모습이 누가 보아도 매력이 있어 보였다. 경상도에서 학창시절을 보낸 아버지 말로는 어머니의 서울 말씨와 애교가 마음에 들어 결혼하였노라고 한다. 막내딸로 자라 없는 집안의 장남과 결혼했던 엄마는 젊은 시절 우리 사남매를 키우느라 많은 고생을 한 탓인지 오십 대 초반 이른 나이에 뇌졸중으로 쓰러져 그 후유증을 지금도 앓고 있다. 요양사나 다른 사람의 도움이 없이는 집안에서도 홀로 움직이기 어려워 병원이나 외식할 때나 바깥 구경을 한다.

지난 추석 때 잠시 혼자 화장실에 가다 넘어지는 바람에 하반신에 타박상을 입고 고생하셨다. 여기저기 몸에 파스로 도배하듯 붙인 어머니의 모습을 보면 가슴이 아프다. 탁자에 놓인 어머니의 각양각색의 병원 처방약과 건강기능식품들이 어느새 어머니의 삶을 대변해주고 있다. 한때 건강을 자랑하던 어머니의 몸도 이제는 빛바랜 사진첩 같았다. 작은 일에도 툭하면 울먹이며 어린애처럼 눈물을 보이는 어머니의 모습이 안쓰럽기만 하다. 언젠가 어머니가 내게 한 말이 생각난다. 자꾸 돌아가신 부모형제가 눈에 보인다며 내가 죽을 때가 된 것 아니냐면서 죽을 때 빨리 죽지 않고 많이 아프고 똥오줌 싸며 오래 살까봐 두렵다고 했다.

오늘은 빛바랜 사진첩을 둘러보다 문득 어머니의 모습이 떠올라 잠시 눈시울을 적셨다.

'엄마ㅡ.' 마음속으로 불러 본다.

\# 냉동인간

인간은 오래전부터 영생을 꿈꾸고 새로운 것에 도전하기를 좋아했다. 과학은 그러한 것들의 실현을 선도해 왔다. 누군가의 발상에서 비롯된 상상이 실현되는 것을 우리는 종종 경험한다. 그중의 하나가 냉동인간에 대한 프로젝트다.

냉동인간은 공상과학영화에나 나올 법한 이야기지만 실제로 우리 주변에서 연구되고 있다. 이에 대한 과학적 근원은 1954년 남성의 정자를 냉동 보관했다가 난자와 결합하는 데 성공한 일이다. 1964년에는 미국의 에팅거 교수가 인간을 냉동시켜 보존하는 것이 가능할 뿐만 아니라 해동시키면 되살아날 수 있다는 주장을 펴서 세인들의 관심을 끌었다.

세계 최초의 냉동 보존 인간은 1967년 1월 12일 미국 캘리포니아대학의 심리학 교수이자 생물냉동학 재단의 설립자인 제임스 베드포드다. 그는 간암이 폐로 전이되어 사망했는데, 유언대로 의료진은 그를 냉동 처리한 다음 질소액 보관 장치 속에 넣어, 50년이 지난 지금도 미국 애리조나주에 위치한 냉동보존업체 '알코(Alcor)'사의 냉동실에 잠들어 있다.

그러나 냉동인간이 과연 수십 년 뒤에 해동하면 부활할 수 있느냐가 중요한 관심사다. 실제 한 실험에서는 개구리를 액체질소에 넣어 냉동시켰다가 해동했더니 살아났다는 연구가 있다. 이 외에도 비슷한 동물실험에서 성공한 경우가 여러 번 있다. 일각에서는 연구진들이 사람의 생명도 가능할 수 있다고 여기지만 아직 우리의 과학실험은 해동까지는 이르지 못한 것이 현실이다.

인간 냉동을 위해 1972년에 설립된 알코사에는 세계적인 미래학자 레이 커즈와일을 비롯해 페이팔의 공동 설립자인 피터 틸, 캐나다의 억만장자 로버트 밀러 등 많은 사람이 회원으로 있다.

미국의 알코사 외에 러시아의 크리오러스사에서도 냉동보존 서비스를 제공하고 있다. 현재 두 시설에는 600구 이상의 사체가 냉동 보존되고 있으며, 사후에 자신의 시신을 이곳에 냉동보존 의뢰한 회원 수가 3000여 명에 이른다고 한다. 그런데 알코사에 보관된 냉동 인간 중 자신의 몸 전체가 보존된 이는 절반뿐이다. 나머지 절반은 뇌만 냉동 보존되고 있다.

이처럼 뇌만 보존하는 것은 대부분 경제적인 이유 때문이라고 한다. 몸 전체를 보존하는 비용은 20만 달러(약 2억 3000만 원)인 데 비해 뇌만 보존하면 8만 달러(약 9300만 원)밖에 들지 않는다. 그런데 사실 뇌만 보존해도 되는 이유는 따로 있다. 신체의 경우 DNA를 이용해 복제할 수 있는 기술이 발달한 탓이다.

최근 우리나라에서도 국내 최초로 냉동인간이 나왔다. 80대에 암으로 숨진 노모의 시신을, 50대 아들이 러시아 냉동보존

센터에 의뢰한 것이다. 계약 기간이 100년이라는데 과연 어머니가 원하는 삶일까? 만일 어머니가 깨어난다면 오히려 혼란스럽지 않을까 싶다.

듣기만 해도 과학이라는 것은 대단하지만 한편으로는 무섭기도 하다. 죽은 사람을 다시 살린다는 것이 과연 옳은 일인지, 먼 훗날 살아났을 때 내가 사랑하는 사람들이 죽고 없다면 그 무슨 의미가 있을까 싶다.

과거 이집트 국왕이나 왕족들이 사후 영생을 위해 미라를 만들어 수천 년 보관해왔는데, 냉동인간이야말로 현대판 미라가 아닌가.

당시 이집트 사람들은 사후에 부활할지 모른다는 생각으로 미라를 화학약품 처리하여 보관했지만 부활한 사람은 단 한 명도 없었다. 다만 수천 년 만에 후세 사람들에게 발견되어 연구 대상으로 박물관에 보존된 것이 고작이다.

가끔 언론에서 수천 년 전 미라가 발견되어 세인들의 관심을 끌 때마다 마음이 씁쓸했다. 과거에 세상을 호령했던 그들이 죽어서 후세에 구경거리가 될 줄 알았더라면 미라를 만들어 보관했을까?

언젠가 20대에 읽었던 시몬느 드 보봐르의 소설 《인간은 모두 죽는다》라는 책이 생각난다. 그 책은 무척 두꺼운 책이었는데 제목을 처음 보았을 때 의아했다. 너무 당연한 사실에 대해 논한다고 생각했기 때문이다. 그 소설에서 주인공 레이몽휘스키는 중세 전란 중에 한 노인이 준 불사의 약을 마시고 영원히 죽지 않는 사람이 되었다. 처음에는 영생한다는 것이 좋았지만 그것은 얼마 가지 못했다. 수세기를 사는 동안 자신이 가장 사랑하는 사람들이 늙고 병들어 죽어갈 때마다 힘들고 홀로 남은 세상은 너무 외롭고 무서운 일이었다.

이 책을 다 읽고 난 후 영생이란 좋은 것만 있는 것이 아니라는 것을 깨달았다. 사랑하는 사람들과 함께 살다가 때가 되면 각자 자연으로 돌아가는 것이 곧 행복한 일이 아닐까 한다.

꿈속의 아이

봄내음이 물씬 풍기는 계절. 맑은 물가로 귀여운 남자아이가 아장아장 걸어가는 모습이 여간 불안하지 않았다. 나도 모르게 아이를 재빨리 잡아 품에 안았다. 나를 바라보는 아이의 환한 미소를 보는 순간 그만 잠에서 깨고 말았다. 몹쓸 짓을 한 것도 아닌데 무언가 허전하고 개운치가 않았다

창틈으로 들어오는 이른 아침 햇살이 오늘따라 더욱 눈부시다. 창밖을 내다보니 푸른 잔디밭 위에서 참새 세 마리가 '짹짹'거리며 아침인사를 하느라 분주하다. 어린이집 담밑에 하얀 딸기 꽃도 아침이슬을 맞아 더욱 싱그러워 보인다. 벽시계를 보니 아직 일어나기에는 이른 것 같아 간밤에 꾼 꿈을 혼자 곰곰이 생각해 본다. 꿈속의 장면들이 마치 한 편의 영화처럼 나의 머리를 스치고 지나간다. 중간 중간 필름이 끊겨 한참을 생각해보지만 가장 생생한 기억은 어린아이를 내가 안아주었다는 것이다.

평소 아이를 좋아하는 탓인지 꿈속에서도 아이를 보면 영락없이 안아주고 만다. 현실에서는 그렇게 예쁘고 귀여운 아이를 꿈속에서 만나면 그리 반갑지 않다. 아이를 안아주는 꿈을 꾸고 일어나면 이상하게도 하나밖에 없는 나의 딸이 아프거나 내가 운영하는 어린이집 아이가 다치는 일이 생겼기 때문이다.

오늘 새벽녘 꿈도 마찬가지다. 마음속으로 아무 일도 일어나

지 않기를 간절히 바라면서 조심스럽게 하루를 시작했다. 딸에게 전화를 할까 하다 공연히 걱정을 끼칠까 싶어 참기로 했다. 어린이집 선생님들에게도 오늘 하루 아이들을 잘 보라고 당부하고 싶었지만 괜찮겠지 하고 참았다. 오늘은 선생님들이 아이들을 데리고 근처 도서관에 가서 책 읽기를 하고 오는 날이라 별 위험한 일은 없을 것 같았다.

오전 시간이 끝나갈 무렵, 도서관에 갔던 아이들이 어린이집으로 돌아왔다. 잘 다녀왔느냐며 마중을 하는데 영아반 선생님의 표정이 어두워 보인다. 무슨 일이 있느냐고 하니 네 살짜리 여자아이가 뛰어가다가 넘어지는 바람에 자신의 귀걸이에 귓불을 다쳐 피가 났다는 것이다. 그 아이는 부모가 남달리 애지중지 키우는 아이여서 더욱 걱정이 되었다. 순간 기어이 꿈땜을 하고야 말았다는 생각이 들었다.

어제 새벽녘에도 어린아이를 안아주는 꿈을 꾸고 하루 종일 은근히 걱정을 했다. 다행히도 어린이집 아이들에게는 아무 일도 일어나지 않았기에 안심이 되었다. 저녁 무렵 나의 일 때문에 떨어져 있는 딸에게 안부 전화를 했다. 딸은 친구들을 만나는 중이니 집에 들어가서 다시 연락을 하겠다고 한다. 문득 잠자리에 들기 전 생각이 나서 또 딸에게 전화를 걸었다. 그러자 대뜸 하는 말이

"엄마! 혹시 오늘 꿈속에 어린아이 안아주었어요?" 한다.

깜짝 놀라 어떻게 아느냐고 반문하니 아침부터 하루 종일 배가 아팠다는 것이다.

혹시나 했는데 역시나였던 것이다.

딸은 꿈속에 제발 어린아이 좀 안아주지 말라고 한다. 어디 그것이 마음대로 되는 일인가. 만일 그것이 신의 계시라면 별로 반갑지 않은 일이다.

지난주에도 어린 남자아이를 안아주는 꿈을 꾸었다. 일어나자마자 나만의 기도를 했다. 조금은 불안했지만 아무 일도 없기를 바라면서 하루를 보냈다. 어린이집 아이들도 아무 일 없이 귀가할 시간이 다 되어가고 있었다. 잠시 외출을 하고 들어오는데 네 살짜리 남자아이 얼굴에 기다란 상처 자국이 눈에 들어왔다. 누군가가 손톱으로 할퀸 듯했다. 깜짝 놀라 담당 선생님에게 물어보니 같은 또래 남자아이가 밀어서 장난감 상자에 넘어지는 바람에 다쳤다는 것이다. 상처가 꽤 오래 흉터로 남을 것 같았다. 제삼자인 내가 봐도 속상한데 부모의 마음은 얼마나 더하랴 싶었다. 담당 선생님은 마치 죽을죄라도 진 사람마냥 걱정 어린 눈빛이 역력했다. 아이가 집에 돌아가기 전 내가 먼저 학부모에게 전화를 하고 자초지종을 설명했다.

아이 엄마의 "할 수 없지요. 알았어요."라는 힘없는 말끝에 속상한 마음이 전화선을 타고 느껴졌다.

어린아이는 이 세상에서 가장 순수하고 아름다운 존재다. 그런데 왜 꿈속에서 안아주기만 하면 아이들이 다치는 것일까! 언젠가 친정어머니가 꿈속에서 만나는 어린아이는 근심을 예고한다고 한 말이 생각난다. 특히 갓난아이는 더욱 그렇다. 내가 부모가 되어보니 자식은 뱃속에 있을 때부터 마음을 놓지 못하고 항상 걱정이 되는 것 같다. 임신했을 때는 혹시 태아가 잘못될까봐 좋아하는 커피 한 잔도 못 먹고 감기약 한 번 마음 놓고 먹지 못했다. 아이가 어릴 때는 주변의 각종 안전사고 때문에 불안했다. 크면 걱정이 덜할 줄 알았는데 대학생이 되어도 밤늦게 다니면 걱정되는 것은 마찬가지다. 그러고 보니 나 역시 친정 부모님의 속을 무척이나 썩인 것 같다.

대학 시절, 항상 밤늦게 다니는 나 때문에 친정어머니는 집 앞에서 나를 기다리느라 서성이고 계실 때가 많았다. 한번은 아버지에게 야간대학생이냐는 꾸지람까지 들었다. 지금도 나의 부모님은 자주 내게 전화를 걸어 별일 없냐고 묻곤 하신다. 주말에 친정을 가는 날이라도 되면 어머니는 내가 들어올 때까지 밤늦도록 불을 켜고 거실에 앉아 기다리신다. 친정아버지 역시 장거리 운전을 자주 하는 내게 항상 큰 차 뒤에는 따라가지 말고 밤 운전을 하지 말라며 신신당부하신다. 부모님 눈에는 아직도 내가 어린애처럼 걱정스러운 존재인 듯하다.

며칠 후면 딸의 생일이다. 어느새 훌쩍 커버린 딸이 대견스럽다. 아무 탈 없이 지금까지 내 옆에 있어 준 것이 고맙게 느껴진다. 나 역시 내 부모에게 더이상 걱정을 끼치는 딸이 되지 말아야겠다는 생각을 해본다.

인생 십계명

내가 살아가면서 가장 중요한 몇 가지 원칙을 말하라면 그동 안 내가 느꼈던 것들을 정리한 '인생 십계명'을 들 수 있다. 내가 대학에서 학생들을 가르칠 때도 언제나 그들이 인생을 낭비하 지 않았으면 하는 바람에서 첫 시간에 무엇보다 강조한 것들이 다.

첫 번째는, '인생은 등산하는 것과 같다.'라는 말이다. 이것은 우리의 삶이 늘 평탄할 수는 없지만, 살다 보면 즐거운 일도 많다는 것을 의미한다. 산에 올라갈 때는 힘들지만 정상에 오르 면 시원한 바람과 멋진 정경이 우리를 기쁘게 맞이한다. 산행하 는 사람들 중에는 몇 가지 부류가 있다. 어떤 이는 산을 빨리 타느라 주변을 채 살피지도 못하고 오르기 바쁘지만, 어떤 사람 은 늦더라도 천천히 올라가며 자연과 교감한다. 산을 오르다 보면 새소리, 물소리, 바람 소리도 들을 수 있고 이름 모를 꽃이 나 나무, 귀여운 동물도 만날 수 있다. 비록 산을 남들처럼 빨리 오르지는 못했지만, 느린 편이 더 많은 즐거운 경험을 할 수 있다.

인생길에는 빠른게 능률적이어서 좋기는 하지만 좀 늦었다 고 해서 반드시 나쁜 것만도 아니다. 큰 성공도 많은 실패를 통해서 얻는 열매다.

≪탈무드≫의 가르침으로 다음과 같은 말이 있다.

"아무리 가까운 길이라도 본인이 걷지 않으면 평생 도착하지 못하지만, 아무리 먼 길이라도 쉬지 않고 걸으면 언젠가는 도착하게 된다."

이것은 내가 어떤 일을 힘들어 포기하고 싶을 때마다 늘 마음속으로 되새기는 말이다.

요즘 청소년들이나 젊은 사람들은 조금 힘들면 쉽게 포기하려는 경향이 있어 안타깝다. 대학을 나오고 사회에서 한때 성공해봤던 이들도 힘들면 우울증으로 스스로 자살이라는 선택을 하기도 한다. 심지어 심한 아동학대로 제가 낳은 어린 생명을 죽게 하는 비정한 부모들도 점점 많아져 온 세상을 놀라게 한다. 길고양이조차도 제 새끼를 성장할 때까지 잘 챙기고 버리지 않는데, 어쩌다 우리 사회가 야생동물보다 못한 비정한 부모를 만들었을까!

모두가 어릴 때부터 온실 속 아이로 원하는 것만을 주다 보니 잠시 힘들거나 불편한 것을 참지 못하는 사람으로 키운 것은 아니었는가 싶다.

두 번째 계명은 '꿈을 크게 가져라.'이다.

꿈이 있는 사람은 아무리 힘들더라도 희망이 있기 때문에 쉽게 포기하지 않는다.

꿈은 크게 가질수록 이루기가 쉽다. 꿈이 작으면 그릇이 작아 이룰 것도 작아진다.

생각하는 데는 돈이 들지 않는다. 지금의 내 주머니 속사정을 생각지 말고 내가 하고 싶은 것들을 마음껏 상상하는 힘이 필요하다. 사람들은 보통 자신의 형편을 생각하느라 꿈도 남의 눈치 보면서 작게 가지는 경우가 많다. 그러나 우리 주변에는 실제로 꿈을 크게 가져서 현실화시킨 사람들이 많다.

오늘 내가 아무런 꿈도 꾸지 않으면 내일 이룰 것이 없다. 오늘이 행복해야 내일도 행복한 것이다. 어제 내가 꿈을 꾼 것은 오늘의 내 모습이요, 오늘 내가 꾸는 꿈은 내일의 결실이 된다.

세 번째는 '인생에는 세 번의 기회가 온다.'이다.

기회의 신은 우리에게 늘 다가오지만 준비된 자만이 잡을 수 있다. 너무 빠르게 지나가기 때문에 잡아채지 못하면 잃게 되는 것이다. 늘 자기계발로 준비된 자만이 기회를 포착할 수 있다.

네 번째는 '긍정적인 사람이 되라.'이다.

그러나 그렇지 않은 사람들이 주변에는 많다. 잘되는 것을 말하기보다는 안 되는 이유만 나열하는 사람들이 있다. 우리의 뇌는 생각하는 대로 결과를 만들어낸다. 실제 최면을 통한 많은 실험에서도 사람들은 상상에 따라 신체 변화까지 달라지는 것을 알아냈다. 더운 여름에 추운 북극을 상상하면 몸의 온도가 내려가고 반대로 추운 날씨에도 더운 것을 상상하면 땀을 흘리기까지 한다. 모든 것은 생각하기에 달린 것이다. 잘될 것이라고 생각하면 좋은 결과가 올 것이고 안 될 것을 생각하면 될 일도 안 되는 것이다.

다섯 번째는 '능동적인 사람이 되라.'이다.

우리는 일을 하는 데 있어서 주인과 종의 역할이 있다. 주인은 일을 함에 있어서 누가 시키지 않아도 스스로 하지만, 종은 시키는 일만 하기 쉽다. 하지만 종이라도 남의 일을 제 일처럼 하는 사람은 비록 지금은 남의 밑에 있지만, 나중에 큰일을 하는 주인이 될 수 있다. 눈앞에 있는 작은 나무만 바라보지 말고 커다란 숲을 보는 지혜가 필요한 것이다.

여섯 번째는 '항상 웃음을 잃지 않는 사람이 되라.'이다.

최근 코로나19 사태로 경제위기가 오자 많은 사람들이 웃음을 잃어가고 있어 안타깝다. 나 역시 요즘 거울을 보면 예전 같지 않은 모습에 씁쓸하다. 거울을 보며 '나는 행복하다.'라는 말을 마음속으로 되뇌어 보곤 한다.

누군가가 "웃으면 복이 와요." 했듯이 자주 크게 웃을수록 나쁜 일이 물러가고 좋은 일이 생긴다는 것을 체험으로 느낀다.

일곱 번째는 "매사에 자신감을 가져라."이다.

이 말은 내가 생각하고 행동하는 데 있어서 너무 주변 사람들 눈치 보지 말고 소신있게 하라는 의미다. 그렇다고 나만 좋다고 남에게 폐를 끼치는 행동을 말하는 것은 아니다. 요즘은 정치인 중에도 남의 눈치 보느라 자신의 뜻을 소신 있게 말하지 못하는 사람들이 많다. 나이에 상관없이 옳은 일이라고 여겨지면 내가 해야 할 일을 하라는 뜻이다.

여덟 번째는 '시간 활용을 잘 하라'고 말하고 싶다.'

시간은 누구에게나 공평하다. 하루 24시간과 1년 365일이지만, 그 시간을 어떻게 활용하느냐에 따라 그 결과는 크게 다르다. 사람들은 가끔 헛되이 보낸 시간을 아쉬워한다. 그중에는 돈만 열심히 버느라 자기계발도 못 하고 인생을 즐기지도 못한 채 죽는 사람도 많다. 죽을 때 돈 한 푼 못 가져가는 것을 써보지도 못하고 고생만 하다가 간다면 실패한 인생이다. 어려운 이웃에게 기부라도 하고 가는 사람은 그나마 다행이다.

아홉 번째는 '나만의 개성 있는 특기를 만들어라' 이다.

'이왕이면 '다홍치마'라고 특기가 없는 사람보다는 남보다 잘하는 개성 있는 특기를 하나 이상 가질 필요가 있다. 사람들은 재미있는 사람을 좋아한다. 특기는 나를 알리는 데 하나의 큰 무기가 된다. 매력은 생김새에서만 나오는 것이 아니라 그 사람이 가지고 있는 '숨은 끼'에서도 느낄 수 있기 때문이다.

마지막으로 "자신을 가꾸는 사람이 되라."이다.

이것은 외면만을 가꾸는 사람보다 내면을 가꾸는 사람이 되라는 의미다. 사람은 외형도 중요하지만, 그 사람의 진정한 품격은 내면에서 나오기 때문이다. 단순히 외모만 예쁘고 품격이 없는 사람은 금방 싫증이 나지만, 내면이 아름다운 사람의 향기는 세상을 밝게 만든다.

한 번 가면 되돌릴 수 없는 우리 인생길에서 남은 시간 행복의 수를 놓고 싶다.

그날 저녁

지하철은 어느새 우리 일상에서 없어서는 안 될 대중교통수단이 되었다. 복잡한 도심의 교통대란을 해소해주는 서민들의 발이 된 것이다. 특히 날이 춥거나 눈, 비가 오는 날에는 지하철만큼 좋은 교통수단이 없다. 나 역시 복잡한 도심을 갈 때는 지하철을 애용한다. 그러나 이동 수단으로 편리한 지하철이 때론 너무 복잡하여 도리어 혼란스러움을 줄 때가 있다. 특히 요즘은 지하철 노선이 1호선에서 9호선, 그 외 몇 가지 연결선까지 생겨 마치 지하세계의 미로를 연상케 한다.

몇 해 전 일이다. 한 지인으로부터 5호선 까치산역에서 만나자는 전화가 왔다. 사업 관계로 꼭 같이 만날 사람이 있다는 것이다. 평소 5호선은 탈 일이 거의 없어 역의 위치가 어디쯤인지 짐작이 가지 않았다. 나의 활동무대는 주로 2호선이 지나가는 강남 주변인데다가 하필 그날은 하루 종일 바쁜 날이기도 해서 내키지 않았다. 낮에 종로3가에서 중요한 모임을 먼저 끝내고 저녁 무렵 약속 장소인 까치산역으로 갔다. 그곳에는 지인과 함께 다른 일행 몇 분들이 나를 기다리고 있었다. 그들과 사업에 대해 두 시간 정도 이야기한 후 바쁘다는 이유로 먼저 일어났다.

집으로 돌아오려고 하니 지하철을 어떻게 타야 할지 잠시 망설여졌다. 갈 때는 종로3가에서 5호선을 타고 갔지만, 과천의 집으로 올 때는 노선이 달라졌기 때문이다. 마침 옆에 있던 사람이 까치산역은 2호선과 5호선이 교차하니 사당까지 2호선을 타고 가서 4호선으로 갈아타라고 알려줬다. 지하철을 여러 번 바꿔 타고 가지 않아도 될 것 같아 듣던 중 반가운 소리였다.

잠시 후 2호선 열차가 플랫폼에 들어오자 얼른 올라탔다. 지하철 안은 종착역이라 그런지 사람이 별로 없었다. 모처럼 앉아서 갈 수 있게 되어 횡재라도 한 기분이었다. 사당역까지는 제법 가야 할 것 같아 들고 있던 책을 꺼내 읽기 시작했다.

한참 책 읽기에 빠져 있을 때쯤 사람들이 갑자기 '우르르' 내리는 느낌이 들어 주변을 둘러보니 신도림역이었다. 그러나 몇몇 사람들은 나와 같이 태연히 앉아 있는 것이 눈에 띄어 아마 환승역이라서 그럴 것이라 여겼다. 사당역쯤 왔을 것이라 여길 때쯤 책 읽기를 그만두고 차창 밖을 내다보았다. 그때 '양천구청'이라는 글씨가 눈에 들어왔다. 갑자기 이상하다는 생각이 들었다. 약속 장소에 갈 때 분명히 까치산역 근처가 양천구청이었던 것 같았기 때문이다. 어찌된 일인지 옆 사람에게 물으니 사당역 방향이 아니라 까치산역으로 가고 있다는 것이다. 깜짝 놀라 조금 전 '까치산역'에서 타고 왔는데 어떻게 된 일이냐고 반문하니 내가 타고 있는 지하철은 까치산역과 신도림역 만을 오고 가는 순환선이라고 한다. 아뿔싸! 노선표를 자세히 보지 않은 채 남의 말만 듣고 방심한 탓이었다. 생각지 못한 사태에 벌떡 일어나 내리려고 하니 옆 좌석에 있던 아주머니가 그냥 앉아 있어도 된다고 한다. 두 정거장만 있으면 까치산역이고 다시 되돌아가니 마찬가지라는 것이다. 그나마 갈아타지 않는 것이 다행이라 여기며 이제는 책도 보지 않고 창밖의 정거장만 눈여겨보았다.

종착역인 신도림역에 도착하자 기다렸다는 듯이 재빨리 내려 다른 플랫폼으로 갔다. 잠시 후 열차가 들어오자 사당이라는 글씨를 확인한 후 안도의 한숨을 쉬며 올라탔다. 열차 안은 사람이 별로 없어 다행히도 앉을 수 있었다. 이제는 더이상 잘못될 일도 없을 것 같아 마음놓고 다시 책을 꺼내 읽기 시작했다.

사당역이라고 여길 때쯤 창밖을 보니 '홍대 입구'라는 문구가 눈에 들어왔다. 잠시 멍한 느낌이 들며 눈을 크게 뜨고 창밖을 유심히 바라보았다. 그다음 역에 이르렀을 때 '신촌'이라는 글씨가 눈에 띄며 지하철 문이 열렸다. 그제야 또 잘못 탔음을 알아차리고 황급히 내렸다. 도대체 어찌된 일인지 정말 귀신에 홀린 느낌이었다. 한 번도 아니고 두 번씩이나 잘못타다니…. 또 반대로 노선을 탄 것이었다.

할 수 없이 다시 반대편 열차를 바꿔 탈 수밖에 없었다. 열차는 많은 사람들로 붐비고 있었고 나는 잔뜩 짐을 든 채 서서 갈 수밖에 없었다. 그때 함께 만나고 헤어졌던 사람으로부터 자신은 15분 전 부평 집에 도착했는데 잘 들어갔느냐는 메시지가 왔다. 바쁘다고 먼저 일어났는데 아직도 엉뚱한 곳을 헤매고 있으니 답장을 보낼 수가 없었다. 집에 가고도 남았을 시간에 아직까지 지하철을 유람하고 있다고 생각하니, 피곤함도 밀려오고 속상한 마음에 숨이 차오르는 것이었다.

지하철 안을 둘러보니 다른 사람들은 모두 별일 없이 평온한 표정들이었다. 너무도 답답한 나머지 '아마 신㊢이 사당역에서 누군가 귀한 사람을 만나게 하려고 나를 이렇게 우왕좌왕하게 만들었을 거야.' 하며 스스로 위안했다. 그러자 조금 마음이 편해지기 시작하며 그 사람이 누구일지 궁금해졌다.

드디어 사당역에 도착할 무렵 문득 딸이 집에 들어왔는지 궁금해져 전화를 했다.

"지금 어디 있니?"

"엄마! 지금 사당역이에요" 나도 모르게 입가에 웃음이 절로 배어 나왔다.

내가 만날 귀한 사람은 바로 나의 딸이었던 것이다.

그날 우리 모녀는 모처럼 함께 귀가하면서 나의 실수담으로 한바탕 웃으며, 이야기꽃을 활짝 피웠다. 조금 전까지 우울하고 속상했던 마음은 언제 그랬는지 모두 사라지고 딸과 함께 다정한 친구가 되어 도시의 달빛 속을 걸었다. 이것이야말로 예측하지 못한 만남의 '전화위복轉禍爲福'이 아닐까?

낙엽

어느덧 거리의 나뭇잎들도 하나 둘 단풍으로 옷을 갈아입고 있다. 한여름의 따가웠던 햇살은 어디로 갔는지 한 줄기 선들바람이 옷깃을 스친다. 어디선가 이름 모를 나뭇잎 한 장이 핑그르르 날아와 발등에 떨어진다. 무심코 주워 살펴보니 어느새말라 시들어 있다. 바로 옆에는 마른 나무 한 그루가 무력하게서있다. 다른 나무들은 아직도 무성한 잎을 자랑하고 있는데유난히 영양실조에 걸렸는지 부실해 보인다. 문득 삼촌 생각이났다.

얼마 전 하나뿐인 삼촌이 돌아가셨다는 연락을 받았다. 순간마음 한편이 아려왔다. 한평생 홀로 외로운 싸움을 하시다 가신분이다. 늘 친정아버지의 마음을 아프게 한 장본인이기도 하다. 아버지에게는 하나뿐인 동생이었지만 총기 있는 형과는 달리어릴 때부터 그리 명석지 못해 늘 챙겨주어야만 했다.

삼촌이 사십대 초반쯤 되었을 때 불행이 그를 찾아왔다. 계단을 오르다 실족하는 바람에 낙상으로 인해 전신마비 환자가된 것이다. 형제라고는 또 한 분의 누이인 고모가 있었지만 출가외인이라 삼촌의 불행은 고스란히 아버지의 몫이었다. 당시사남매를 키우는 아버지도 경제 사정이 힘들기는 마찬가지였지만 어쩔 수 없이 우리 집에서 병구완을 할 수밖에 없었다. 의사표현도 제대로 못하고 젊은 사람이 꼼짝없이 남에게 몸을 의지한 채 누워있으니 얼마나 힘들었을까. 대책 없이 누워있는 삼촌으로 인해 집안 분위기는 점점 어수선해지기 시작했다. 그 누구보다 힘든 사람은 당사자였겠지만 옆에서 수발하는 가족들도 수월한 일이 아니었다. 지금처럼 간병인이 있던 시절도 아니고 또 있다고 해도 집안에 다른 사람을 두기에는 어려운 형편이었다.

어느 날, 당시 대학생이었던 내가 일찍 집에 돌아왔을 때 마침 집안에는 모두 외출 중이어서 삼촌 혼자 누워 있었다. 방문을 열자 안에서는 시큼한 냄새가 진동했다. 아무도 없는 사이에 삼촌이 배변을 했던 것이다. 몹시 당황했지만 다른 사람을 기다릴 수도 없어 할 수 없이 내가 삼촌의 뒤처리를 도와주었다.

여자 조카인 내게 못 볼 것을 보일 수밖에 없었던 삼촌의 마음이 어떠했으랴. 그런 일이 있은 후 집에서는 다른 대책을 생각하기로 했다. 주변 사람의 도움을 얻어 삼촌 같은 사람을 잘 나을 수 있도록 해준다는 기도원에 맡기기로 한 것이다.

다행히도 삼촌의 병은 기도원 덕분에 많이 회복되어 병석에서 일어나게 되었다. 그러나 후유증으로 인해 수족이 자유롭지 못한 것은 어쩔 수 없었다. 그래도 예전에 비하면 다행이라는 생각이 들었다.

다시 집으로 돌아온 삼촌이 할 수 있는 것은 별로 없었다.

그저 하릴없이 식구들이 다 나가고 나면 우두커니 집에서 챙겨 놓은 식사나 하고 TV 보는 일이 고작이었다. 특히 엄마에게 미안했던지 삼촌은 아버지에게 독립된 방을 얻어달라고 졸랐고 아버지 또한 따로 사는 것이 여러모로 낫겠다고 여겨 그렇게 해주었다.

그 후 일주일에 한 번씩 아버지와 나는 교대로 삼촌의 집에 가서 먹을거리와 생필품을 챙겨주곤 했다. 갈 때마다 혼자 외로이 사는 삼촌의 모습을 뒤로하고 오는 나의 마음은 언제나 편치 못했다.

그러던 어느 추운 겨울, 삼촌의 집을 찾았을 때 집안에 냉기가 있어 물어보니 몸이 불편해서인지 연탄불을 꺼트린 것이다. 번개탄으로 급히 불을 지펴주고 한끼 식사를 챙겨주니 삼촌은 내 두 손을 꼬옥 잡고 주르르 눈물을 흘리며 "고맙구나." 했다.

나는, 당신처럼 몸이 불편하고 외로운 분들이 함께 모여 사는 사랑이 있는 기도원에서 생활하시는 것이 어떻겠느냐고 조심스레 물었다. 삼촌은 혼자 있는 것보다 차라리 여럿이 있는 그런 곳에 데려다 달라고 했다. 그 날 이후 삼촌은 당신의 뜻대로 한 지방의 기도원에서 생활하게 되었고 해마다 아버지는 삼촌 생일날 한 번씩 나와 내 동생을 데리고 찾아가곤 했다.

몇 해 전, 아버지로부터 칠순이 훨씬 넘은 삼촌 생일날 함께 가자는 전화가 왔다. 그날따라 바쁘다는 이유로 못 갔는데 한 통의 전화가 왔다. 아버지의 전화인 줄 알고 받아보니,

"네가 보고 싶구나. 올 줄 알았는데…." 하는 삼촌의 힘없는 목소리가 들려왔다. 순간 수척해진 모습이 떠오르며 죄송한 생각이 들었다.

항상 기세당당했던 아버지의 모습도 어느새 인생의 늦가을을 지나고 있다. 아버지는 늘 내게 입버릇처럼 당신 앞에 삼촌이 먼저 돌아가셔야 편히 눈감는다고 말하곤 했다. 그 삼촌이 막상 돌아가셨다는 소식을 듣고도 가보지 못한 것이 두고두고 죄송하다.

이 가을, 한 장의 낙엽처럼 외로이 가신 삼촌을 생각하며 내 옆에 계신 부모님께 후회 없는 자식이 되어야겠다는 다짐을 해본다.

제4의 물결

세상이 빠르게 변하고 있다. 특히 IT 분야는 자고 나면 새로운 기술이 생겨난다.

"뛰는 놈 위에 나는 놈이 있다."는 말이 있거니와 IT야말로 "뛰는 놈 위의 나는 놈"이다. 그중의 하나로, 최근 4차 산업혁명과 함께 대두되고 있는 기술 중 하나가 블록체인이다. 블록체인의 주요 특징은 효율적인 데이터 처리 기술에 있다. 정보를 분산해 저장하는 형태로 관리되어 특정 주체가 통제권을 갖지 못한다. 또한 블록체인에 기록된 정보는 변경될 수 없고 영구히 기록되며, 누구나 그 흔적을 추적해 볼 수 있다는 장점이 있다.

이러한 블록체인 기술은 비트코인과 같은 수천 가지의 가상화폐와 접목되어 있다. 그 외에도 부동산, 현금, 지적 재산권, 계약 등 우리 실생활에서 이루어지는 어떤 유형의 거래이든 블록체인에 기록하면서 안정적이고 효율적으로 관리할 수 있다. 그만큼 현대사회에서 빼놓을 수 없는 특별한 기술인 것이다.

그러나 일반인들에게는 아직 어려운 말로 여겨질 수 있다. 말은 많이 들어 보았지만, 아직도 그 뜻을 이해하지 못 하는 사람이 많다. 오히려 젊은 청소년들이 더 빨리 이해하고 받아들인다.

가상화폐 역시 많은 사람의 관심을 받고 찬반 논쟁의 대상이 되고 있다. 몇 년 전만 해도 우리나라 법무부 차관이 언론에서 가상화폐는 돈이 아니라고 하더니 요즘은 자금 세탁 방지 및 테러 자금 조달 방지, 탈세 방지를 위한 '특금법'이라는 것을 만들어 세금을 걷겠다고 한다. '가상화폐는 돈'이라는 것을 인정한 셈이다. 실제 일부에서는 코인으로 자동차도 사고 명품, 부동산, 생필품을 사기도 한다. 나 역시 얼마 전 코인으로 골프 옷을 여러 벌 사서 주변에 선물하기도 했다. 예전에는 미처 생각지도 못한 일이다. 그만큼 세상은 달라지고 있다는 것이다.

이러한 변화 속에서 우리나라 정부는 그동안 불구경하듯 내버려 두었던 수많은 거래소들을 규제하기 시작했다. 즉, 그들은 금융감독원 책임하에 '금융기관에 준하는 자금세탁방지 의무'를 수행해야 한다고 강조한다. 그로 인해 해당 수준의 기술과 자금력을 갖추지 못한 거래소는 문을 닫아야 할 위기에 놓였다. 고래 싸움에 새우 등 터진다고 수많은 거래소에 투자한 개미투자자들 또한 어떤 것이 옳은 것인지 혼란스러워서 갈피를 잡지 못하고 있다.

이는 마치 우리나라 조선 시대 대원군의 쇄국정책을 보는 듯하다. 외세의 문물이 쏟아져 들어오는 것을 막겠다고 수많은 사람을 탄압하고 몸부림쳤지만 세상은 변화되었고 그 위세는 그 누구도 막을 수 없었다. 그만큼 조선이 우물 안 개구리였기 때문이다.

세상은 변화하는 것이 당연지사다. 그 변화는 막는다고 막아지는 것이 아니다. 큰 파도가 올 때는 막으려고 하지 말고 오히려 그 물결 위에 올라타야 한다. 언론은 우리에게 좋은 정보도 주지만 때로는 왜곡된 정보를 줄 때도 있다. 평범한 사람들은 언론만 믿다가 낭패를 보는 경우도 있다. 모든 것은 참고일 뿐 전부는 아니다. 모든 판단은 자신이 신중히 내려야 한다. 하지만 본인의 생각이 누구나 옳은 것은 아니어서 신이 아닌 이상 완전할 수는 없다.

늘 세상에는 보수 세력과 진보 세력이 양립한다. 그것은 과거 우리 조상 때부터 이어져 왔다. 나 역시 예전에는 보수적인 사람이었지만 지금은 진보 쪽에 더 가깝다. 그만큼 세월이 나를 변하게 한 것이다.

현대사회에서 지혜롭게 살아남으려면 세상의 변화를 알아차리고 함께 가야 할 것이다. 지금은 대나무처럼 꼿꼿하게 있다가 단숨에 꺾이는 것보다는 바람에 몸을 싣는 갈대와 같은 지혜가 필요하지 않을까 한다.

특별한 선물

오월에는 '가정의 달'이라 하여 해마다 각종 행사로 전국이 떠들썩하다. 어린이가 있는 집은 장난감 선물에 놀이공원 가느라 바쁘고, 어버이날은 양가 부모님 선물을 챙기느라 바쁘다. 하지만 결코 소홀해서는 안 될 스승의 날은 김영란법이 시행되면서 제자들이 작은 감사를 표시하기조차 불편해졌다. 그러다 보니 스승의 날을 아예 없앴으면 좋겠다는 비판론도 나온다. 일부 극성 학부모와 비리 교사들의 불공정 행위가 사회문제가 됐던 걸 생각하면 야박하다고만 할 수도 없으니 딱한 일이다.

각종 기념일을 챙기다 보면 바쁜 직장인들은 마음도 몸도 바쁘고 선물하느라 지출도 많은 한 달이 된다.

며칠 전 어버이날을 맞아 한 사무실을 방문하게 되었다. 입구에 카네이션 꽃다발이 놓여있는 것을 보고 누군가가 자녀로부터 받은 것임을 직감할 수 있었다. 그곳에는 몇몇 지인들이 모여 있었다. 누가 먼저랄 것 없이 어버이날 선물로 용돈 받은 이야기를 하는데 대부분이 딸이 주었다는 것이다.

그중 한 분은 딸이 오백만 원을 송금해 주었는데, 아들은 달랑 카네이션 한 송이 주더라며 웃었다. 그 소리를 듣는 순간 묘한 생각이 들었다. 오백만 원을 주었다는 그녀의 딸이 내 딸과 동갑내기였기 때문이다. 아직 30대 초반의 미혼인데도 벌써 아파트 세 채를 준비해 놓았다니 경제 감각이 남다른 모양이다.

딸이 그렇게 되기까지는 엄마가 어릴 때부터 경제 공부를 시켰기 때문이라고 해서 모두가 부러워했다. 부모는 자식 자랑하는 맛으로 사는 것 같다.

그날 밤, 딸이 집에 돌아왔을 때 무언가 허전함을 느꼈다. 어릴 때는 고사리 같은 손으로 만든 사랑의 편지와 어설픈 카네이션 선물을 내밀어서 나를 감동시키던 딸이건만 서로 바빠서일까 그런 마음도 어느새 퇴색되어 버린 것 같다. 출근길에 어버이날인데 깜박했다며 전화 한 번 해준 것이 그 날 내가 받은 선물이었다. 꼭 물질만이 다는 아니지만 내심으로는 '엄마 감사해요.'라는 따뜻한 말 한마디라도 기대한 것이 김칫국부터 마신 꼴이 되었다.

문득 딸을 위해 썼던 육아일기가 생각났다. 책장 한쪽에 꽂혀있는 낡은 푸른색 일기장을 꺼냈다. 조심스레 첫 장을 열자 그곳에는 '나의 아기를 위한 기도'가 초록색 펜으로 씌어 있었다. 건강한 아이의 출산과 더불어 부모의 좋은 기질을 따르고 언제나 병고 없이 평온한 삶을 이루기를 바라는 간절한 엄마의 마음이 담겨 있었다.

딸아이를 임신한 지 5개월 된 시점부터 유치원 시기까지 쓴 육아일기였다. 일기장 속에는 딸아이와 나의 일상이 생생하게 담겨 있었다. 배 속에 있는 딸아이의 움직임 하나에서부터 병원

진료기록 및 출생 이후의 각종 모습이 파노라마처럼 씌어 있었다.

당시 보통 사람들은 아이를 가지면 몸조심을 해야 한다고 잘 돌아다니지도 않는데 나는 철없는 엄마였던 것 같다. 임신 2개월에서 6개월에 겁도 없이 한라산이나 울산 바위를 거침없이 오르고 만삭된 몸으로 보트를 타지를 않나, 생후 2개월 된 아기를 데리고 폭풍우에 백령도를 11시간이나 배를 타고 다녀왔으니 생각만 해도 아찔한 일이다. 아마 남아였다면 유산이 되었을지도 모른다.

예로부터 원래 여아들이 생명력이 대단하다는 설이 있는데 그래서일까! 딸의 운동신경은 어릴 때부터 남달랐다. 출생도 1주일 빨랐고 생후 1개월에 몸을 혼자 가누어서 놀러 온 친구들이 깜짝 놀랐다. 3개월에 몸을 뒤집고 5개월에 기었으며 7개월에 혼자 서고 9개월에 걷기 시작했다. 언어발달도 빨라 세 살 때는 본인의 의사 표현하는 것이 어찌 귀여운지 주위 사람들의 칭송이 자자했다. 초등학교 들어가서는 전교 육상대표, 스케이트 선수 등 각종 예체능에서 두각을 나타냈다. 이렇듯 유년 시절 딸을 키우는 동안 부모를 즐겁게 해준 이야기들이 곳곳에 배어 있었다. 일기를 읽어 내려가는 동안 나의 입가에는 저절로 웃음이 번지면서 좀전에 서운했던 마음이 어느새 사라져 버렸다.

내가 육아일기를 쓰게 된 데에는 한 계기가 있었다. 결혼하기 전 우연히 버스를 타고 가다가 한 라디오방송 프로에서 어떤 젊은 여자 분이 어버이날 감사의 편지 공모전에서 감동사례로 뽑힌 특별한 이야기였다. 내용인즉, 본인이 결혼하기 전날 친정어머니로부터 딸을 위해 썼던 육아일기를 선물로 받게 되었다는 것이다. 그 일기장 속에서 어머니의 사랑을 알았고 그 육아일기는 자신의 아이를 키우는 데 많은 도움이 되었으며, 평생 보물과 같은 귀중한 선물이 되었다는 것이다. 순간 나도 결혼하면 꼭 육아일기를 써야겠다고 다짐했다.

처음에는 육아일기를 라디오방송의 주인공처럼 딸이 결혼할 때 선물로 주려고 했지만 그러지를 못했다. 딸이 초등학교 4학년 무렵 엄마가 자신을 사랑하지 않는 것 같다고 하도 불평불만을 해서 육아일기를 미리 보여주고 만 것이다. 그제야 딸은 엄마의 사랑을 확인하고 감사하는 마음과 태도로 본인의 할 일을 잘 해냈고 두 권의 육아일기가 자신의 보물 1호라며 주위에 자랑하곤 했다.

그러던 딸이 어느새 커서 내가 육아일기를 쓰던 때와 비슷한 나이가 되어버렸다. 며칠 전에는 결혼할 사람이라며 남자친구를 내게 처음으로 소개했다. 딸에게 평생의 반쪽이 생겼다고 하니 반갑기도 하고 한편으로는 걱정스럽기도 했다. 평소 딸로부터 자주 들어서인지 첫인상이 몇 번 만난 사람처럼 친근하게 느껴졌다. 서로 성향도 비슷한 면이 많아 소통이 잘되는 듯했다. 나는 내심으로 감사한 마음이 들었다. 건강하게 잘 자라 자신의 동반자를 데리고 온 딸이 의젓하고 대견해 보이기도 했다. 한편으로는 어린 새가 커서 이제는 둥지를 떠나 하늘을 날 준비가 되었다는 것을 알았다.

사람은 누구나 달란트를 가지고 태어나는 것 같다. 그것은 서로가 달라서 어떤 것이 더 좋고 나쁘다고 할 수 없다. 무엇보다도 건강한 몸, 건전한 영혼을 타고나는 것이 최상의 달란트가 아닐까 한다.

엄마와 딸

부록 # 딸의 수필

여름이 시작되던 6월 말, 예쁜 딸아이를 출산했다. 결혼한 지 2년 차에 하늘이 내려주신 정말 소중한 선물이다. 2년 전 동갑내기와 결혼하여 부모님의 울타리를 벗어났다. 당시 남편과 나는 둘만의 신혼을 즐기기에 바빴고, 우리에게 2세는 아주 먼 일이라 생각했다. 우리는 아이 없이 사는 신혼생활에 만족하며 둘만의 생활을 즐겼다.

그러는 동안, 결혼한 친구들이 하나 둘씩 아이가 생기고, 주변 친구들의 결혼과 출산이라는 이벤트 소식이 잇달아 들려왔다. 사실 결혼을 한다고 해서 내 인생이 크게 달라질 것은 없다고 생각했다. 다만 인생을 살아가는 데 있어서 하나의 든든한 동반자가 생긴 것 같았을 뿐이었다.

하지만 임신과 출산을 하다 보니 생각이 많아졌다. 새로운 생명체가 내 배 속에서 자란다는 것은 정말 신기하고 경이로운 일이었다. 부모인 나와 남편만을 믿고 이 세상에 나오는 아기를 온전히 우리가 책임져야 한다는 책임감이 정말 크게 와 닿았다.

평소 체구가 작은 나에게 임신이란 여간 힘든 일이 아니었다. 임신 초기 입덧에서부터 임신소양증으로 인한 가려움, 임신 당뇨, 숨막힘, 그리고 만삭 때는 의자에 앉는 것조차도 힘들어 줄곧 누워서 생활했다. 임신과 출산을 겪으며 가장 많이 생각난 사람은 바로 '친정엄마'였다.

262

부부는 촌수로 무촌無村이지만, 부모와 자식은 일촌一村이며 혈육 관계다. 즉, 피와 살을 나눈 사이인 동시에 일정한 거리를 두고 지내야 한다는 말이다. 부부는 서약을 맺은 순간부터 세상을 떠날 때까지 꼭 붙어 있어야 한다면, 부모와 자식은 어느 기간까지만 같이 살다가 헤어져야 하는 한시적 공동체임이 분명하다.

이 세상의 생명체는 번식을 통해 종족을 보존하며, 모든 종은 자신과 같은 형태와 성질을 가진 유전자를 가지고 퍼트린다. 그러한 이유로 정말 신기하게도 외모뿐 아니라 체질이나 재능 그리고 성격까지도 유전되는 경우가 대부분이기에 씨도둑은 못 한다는 말이 여기서 나왔는지도 모른다.

어릴 적 내가 엄마의 속을 썩일 때 친정엄마는 종종 이런 말을 했다.

"딱 너 닮은 아이를 낳아봐!"

아이를 직접 가져보고 낳아보니 이제야 친정엄마의 마음을 알 것 같다. 배가 아파 낳은 자식이 속상하게 할 때 부모의 마음은 오죽 아프고 속상했을까? 친정엄마도 나의 엄마이기 이전에 여자인데, 인생의 반 이상을 나를 위해 헌신해 오셨다는 것이 한편으로는 가슴이 아프고 감사한 마음 등 여러 생각이 교차했다. 동시에 여자로서 살아오던 나도 이제는 어엿한 한 아이의 엄마가 되었다는 것을 깨달았다.

하지만 한편으로는 친정엄마가 나에게 주었던 사랑만큼 나에게도 모성애란 것이 있을지 의문이었다. 아기를 너무 좋아하긴 하지만 좋아하는 것과 모성애는 다르기 때문이다. 임신해서 배가 불러오고 태동을 느낄 때조차 '엄마'가 된다는 것이 실감나지 않았고 여전히 세상엔 '나'만이 존재했다. 너무 힘든 나머지 예정일보다 조금 이른 날짜에 제왕절개로 아이를 낳기로 결정했고, 수술대에 올라갈 때까지도 아기를 맞이한다는 기쁨보다는 지금의 힘든 시간이 빨리 끝나기를 바랄 뿐이었다.

생각보다 수술은 금방 끝났지만, 마취에서 깨면서부터 말로 표현할 수 없을 만큼 아픈 통증과 함께 온몸이 덜덜 떨리고 정신이 혼미했다. 그러는 순간에도 가장 먼저 했던 말은

"선생님, 아기는요? 건강한가요?"였다.

다행히 아기는 2.8kg으로 조금 작지만 건강했으며 간호사 선생님이 우렁차게 우는 아이를 내 품에 안겨주었다. 조금 전 칼로 베어낼 듯하던 통증은 어디로 갔는지 그 순간만큼은 수술을 한 것조차 잊어버릴 만큼 아픔이 느껴지지 않았다. 정말 신기하게도 엄마 호르몬 옥시토신이라는 것이 분비되기 시작했다. 나도 엄마가 된 것이다.

수술실에서 입원실로 올라와 제일 먼저 친정엄마와 통화를

했다. 원래 같았으면 출산 후 면회도 가능했을 텐데, 코로나19로 남편 외에는 병실에 출입조차 안 되었기 때문이다. 친정엄마는 무엇보다도 내 건강부터 챙겼다. 내가 수술실에서 나와 아기의 건강부터 물어봤던 것처럼 친정엄마는 내색은 안 했지만 수술하는 내내 나와 아기 걱정에 아무 일도 못 하신 듯했다.

통화를 끊고 엄마는 카톡으로 내가 세 살쯤 되었을 때 엄마와 함께 찍었던 사진을 보내왔다. 그 사진 속 엄마의 얼굴은 잔주름 하나 없이 정말 예쁘고 고운 30대의 모습이었다. 30여 년 동안 엄마와 함께 지내며 울고 웃던 순간들이 파노라마처럼 머릿속을 스쳐 지나간다. 아이를 낳기 전에는 몰랐던 친정엄마에 대한 그리움과 찡한 감정들로 콧날이 시큰거렸다. 이제는 나에게 헌신만 해오던 생활에서 엄마만의 인생을 찾았으면 좋겠다.

애벌레가 성충이 되어 날아가듯 나도 어린아이에서 내 아이의 어른이 되어가고 있다.

이수진(장수영 딸)

약력
서울 출생(1987년생)
강남대 유아교육과 졸
現. <꼬미의 러브하우스> 블로그 운영
https://m.blog.naver.com/ollyou113
前. 상록유치원 근무(안양)
前. 대학로 연극배우: 아유 크레이지, 주막 공연 등
前. 마케팅 전문 기업 근무: 애드미션 (대리), 애드워드 (과장)

수상경력
2008년 과천 율목 시민문학상 우수상(수필)
2009년 길찾기 에피소드 공모전 장려상(수필)
2013년 전국대한민국편지쓰기대회 장려상
2014년 동서문학 맥심상(수필)